Era meu esse rosto

Era meu esse rosto

Marcia Tiburi

2ª edição

EDITORA RECORD
RIO DE JANEIRO • SÃO PAULO
2014

CIP-BRASIL. CATALOGAÇÃO NA FONTE
SINDICATO NACIONAL DOS EDITORES DE LIVROS, RJ

Tiburi, Marcia, 1970-
T431e Era meu esse rosto / Marcia Tiburi. – 2ª ed. – Rio de
2ª ed. Janeiro: Record, 2014.

ISBN 978-85-01-09740-8

1. Romance brasileiro. I. Título.

11-8341 CDD: 869.93
CDU: 821.134.3(81)-3

Capa: Leonardo Iaccarino

Texto revisado segundo o novo Acordo Ortográfico da Língua Portuguesa

EDITORA RECORD LTDA.
Rua Argentina 171 – 20921-380 – Rio de Janeiro, RJ – Tel.: 2585-2000

Impresso no Brasil
ISBN 978-85-01-09740-8

O. e L., R., J. e T.

O retrato não me responde,
Ele me fita e se contempla
Nos meus olhos empoeirados.
E no cristal se multiplicam

Os parentes mortos e vivos.
Já não distingo os que se foram
Dos que restaram. Percebo apenas
a estranha ideia de família

Viajando através da carne.

Carlos Drummond de Andrade

Porque a primeira morte não é igual à última.

Julián Ana

UM ROSTO PARA A LITERATURA BRASILEIRA CONTEMPORÂNEA

Marcia Tiburi é a autora de três romances soberbos — *Magnólia*, *A mulher de costas* e *O manto* — que compõem a *Trilogia íntima*. Publicados entre 2005 e 2009, marcam a estreia auspiciosa de uma jovem autora, conhecida até então por sua atuação no campo da filosofia e da docência universitária.

Magnólia, o primeiro dos três volumes, é provavelmente o que propõe, de modo mais radical, a desconstrução do processo narrativo, ordenando e numerando os fatos ficcionais, como se apresentasse um relatório ou um ensaio científico. Mas o experimentalismo de uma voz narrativa corajosa não recua em *A mulher de costas*, o segundo romance da trilogia; transfere-se, porém, para outro elemento da construção ficcional: a trama, inspirada pelo mito da Salamanca do Jarau, que encontrou seu porta-voz clássico nas *Lendas do Sul* (1913), de João Simões Lopes Neto, e, mais adiante, na novela de Erico Verissimo, *A Teiniaguá*, parte fulcral de *O Continente* (1949), obra, também ela, pertencente a uma trilogia, *O tempo e o vento*. Em *A mulher de costas*, é o universo mítico que se constrói e desconstrói, ao mesmo tempo em que a autora paga sua dívida para com a tradição sul-rio-grandense de que faz parte.

O manto, terceiro volume da série, não é menos desafiador, em primeiro lugar por se oferecer exclusivamente como leitura silenciosa, pois inclui experimentos grafoverbais que não podem ser traduzidos pela oralidade. Por se apresentarem apenas como possibilidade de apreensão pelo olhar do leitor, colocam-se diante desse enquanto enigma a decifrar a cada passo de sua progressão por sobre o texto. Também a ruptura da linearidade narrativa, com cortes na cronologia do relato, suspende e sacode a tranquilidade de quem busca na ficção um modo de esquecer as agruras cotidianas. Nenhuma rotina resiste aos investimentos criativos da escritora, cabendo ao leitor compactuar com eles, para poder apreciá-los como merecem.

Os romances aparentemente pouco têm em comum, a não ser o risco assumido de inovar, propor novos horizontes de leitura, resultarem da criatividade da mesma autora. Logo, também o conceito de trilogia é matéria de uma provocação, pois aquele supõe, entre as obras que compõem o grupo, afinidade cerrada — manutenção das personagens, continuidade narrativa, cenário constante, recorte de época —, enquanto que, em *Magnólia*, *A mulher de costas* e *O manto*, os contatos sugeridos entre os enredos ou entre as personagens são tênues e sutis.

Não é a sequência de enredos e de tempos o que *Magnólia*, *A mulher de costas* e *O manto* compartilham. A afinidade entre os três livros é definida, primeiramente, pela presença, na condição de protagonista, de uma personagem feminina, depois, pela escolha da narrativa em primeira pessoa. Destaque-se ainda que cada protagonista experiencia os acontecimentos enquanto os relata, na busca da simultaneidade entre o viver e o contar, sugerindo que os eventos apresentados transcorrem enquanto tomamos conhecimento deles, sem que a personagem saiba em que resultará sua ação, seja enquanto indivíduo, seja enquanto narradora.

Narrativas em primeira pessoa são, seguidamente, retrospectivas. Esse modelo, que conta com ancestrais clássicos, desde a *Odisseia*, de Homero, cujos cantos IX, X, XI e XII são dominados pela voz de Ulisses, que relembra as façanhas que vivera nos dez anos posteriores à queda de Troia, até os exemplos renomados de Machado de Assis, que, em *Memórias póstumas de Brás Cubas* ou *Dom Casmurro*, põe as figuras dos respectivos títulos a recuperar sua trajetória existencial do nascimento à morte, mesmo quando, no caso de Bento Santiago, aquele percurso se transfigure simbolicamente na revelação de um início e de um final irremediável e irreversível.

Escritores do século XX não se conformaram com essa possibilidade, que jogava o romance para o paradigma do memorialismo. Além disso, o emprego da técnica retrospectiva conferia ao narrador confiabilidade de inquestionável, apesar de sua perspectiva limitar-se à sua condição particular e interessada, o que deveria fazê-lo suspeito de falibilidade e descrédito.

Machado de Assis, em *Dom Casmurro*, estende as virtualidades dessa técnica a seus limites, levando o leitor a duvidar da validade e legitimidade das palavras de Santiago, o que coloca o caso narrado — o adultério de Capitu — sob o prisma da parciabilidade. Mas não se trata apenas de duvidar do narrador enquanto sujeito que controla, soberanamente, a enunciação. Afinal, Bentinho conhece o resultado do processo de julgamento das ações de sua esposa antes de começar a relatá-lo à pretendida audiência. E é esse pré-conhecimento do narrador que vem a ser sequestrado na ficção contemporânea, cabendo reduzir, e até minimizar, sua esfera de ação. Com isso, recupera-se, no âmbito da criação ficcional, o que usualmente ocorre às pessoas, que ignoram os efeitos de seus atos e nem sempre conseguem monitorá-los.

Essa é a propensão realista da narrativa contemporânea, e, no caso da *Trilogia íntima*, de Marcia Tiburi, o primeiro fator a aproximar os livros que a constituem. O segundo, como se observou, é a outorga da narração à personagem feminina, embora elas se distingam de um romance a outro.

É a partir desse ponto de coincidência e, concomitantemente, de discordância que se pode pensar *Era esse meu rosto*, o mais recente romance produzido por Marcia Tiburi. A coincidência — tal como na trilogia, a narrativa é conduzida pela primeira pessoa. A discordância mais flagrante — o portador dessa primeira pessoa pertence ao gênero masculino.

Dois fios narrativos conduzem *Era esse meu rosto*: o primeiro com que o leitor se depara leva-o ao passado do narrador, constituído pelo seu local de origem, família e infância. O segundo, sobretudo a partir de seu segundo fragmento (não numerado), apresenta o protagonista em uma cidade estrangeira, identificada tão somente pela consoante V.

Os dois fios têm seus próprios desdobramentos, embora, perto do final do romance, eles se entrelacem. Um deles é numerado em ordem crescente, o outro introduzido pelas marcas de parênteses, como a indicar o lugar que ocupam na trajetória da personagem narradora — um intervalo. Os dois fios expõem também universos distintos: o primeiro detém-se sobretudo na infância, não apenas do protagonista, mas também das personagens que vieram a fazer parte de sua existência, com ênfase especial na trajetória do avô, que, de certo modo, se posiciona na ponta do novelo que a memória do narrador desenrola. O segundo corresponde ao momento presente, pois é conduzido pelo narrador, adulto, autossuficiente e profissional.

A diferença parece marcar os dois blocos narrativos, o que fica igualmente assinalado pelo tratamento do tempo e da cronologia. O fio narrativo da memória remete para o passado; o da estada em V avança linearmente, desde a chegada da personagem à cidade até o encontro com a pessoa procurada, a religiosa que conhecera Maria de Bastiani, esta constituindo uma das poucas figuras nomeadas no decorrer do romance. Entre os dois conjuntos de capítulos, outra dessemelhança se evidencia: o primeiro é retrospectivo; o segundo, prospectivo.

Assim, embora a numeração dos capítulos da seção progrida de modo crescente, o enredo vai recuando até os primeiros tempos da migração dos antepassados do narrador para o Brasil. Por outro lado, os segmentos não numerados, ainda que identificados por sua condição intervalar, já que introduzidos por parênteses, andam para a frente, consumindo os dias que o protagonista despende em V.

Há, pois, uma dualidade na construção de *Era esse meu rosto*, que, na obra, está magistralmente representada pelo grafema onde, no presente da narrativa, se localiza o narrador: V. Essa letra aponta, na sua visualidade, os dois caminhos que se abrem ao leitor, que se dirigirá, de um lado, para o passado da memória, de outro, para o presente do relato. A encruzilhada, cuja matriz encontra-se no mito de Édipo, que igualmente busca sua história pregressa, materializa-se não apenas no espaço geográfico atual onde o narrador está, mas também no ícone que dá conta dele no contexto da página impressa.

Contudo, se o grafema V indica os dois caminhos que se abrem a partir de um certo ponto, colocado em sua base, pode-se, por outra via, cogitar o contrário: as linhas de que está formado marcham na direção de um lugar de encontro. Na sua dualidade congênita, *Era esse meu rosto* lida com ambas as alternativas. Assim, se o narrador visita dois espaços ao longo da história — o da memória, suscitado, desde o capítulo de abertura, pela casa ancestral; e o da cidade de origem, de onde partira o antepassado fundador do clã —, desenvolvendo, tanto simultânea quanto sequencialmente, duas trajetórias distintas, experienciadas em períodos dessemelhantes de sua vida, ele está ciente de que, em dado momento, esses percursos se unem, cabendo-lhe buscar o ponto de conexão.

Por isso, há um momento de entrelaçamento dos trajetos, e é o que se revela nas derradeiras páginas do romance. Esse momento tem seu espaço físico — o cemitério, ressaltando-se que a morte é figura que acompanha o narrador em cada segmento da narrativa; mas apresenta igualmente suas determinações temporais — o nascimento e a migração do avô, outras das figuras plenamente instaladas não apenas no andamento do relato, mas também no mundo interior do protagonista.

O avô — personagem ao mesmo tempo dominadora no contexto da família de que o narrador faz parte e dotada de uma percepção muito particular de mundo, ao não estabelecer fronteiras muito rígidas entre o imaginário e o real — é a origem que o narrador busca, a ponta da meada a que pertence o fio de sua própria existência. Essa origem, por sua vez, está calcada na ilegitimidade, seja pelo sigilo que assinala o nascimento da criança fruto de uma relação amorosa irregular, seja pelos fatos que motivaram sua transferência para a América.

Similar ilegitimidade encontra-se na história do narrador, ele também resultado de uma ligação fora do casamento do pai e que determina sua adoção pela família patriarcal onde cresce e educa-se. Há, pois, uma assimilação — quase uma identificação — entre as duas personagens, a do passado e a do presente, mesclando suas vidas e explicando uma pela outra. Por essa razão, buscar o passado, fazer a memória retroceder ao princípio, é igualmente uma forma de conhecer-se, saber de qual *rosto* se fala.

Não é, pois, acidental a associação com o mito de Édipo, proposta antes. O narrador anônimo busca a si mesmo, mas, ao fazê-lo, descobre um crime — uma ilegalidade — na origem. Não é coincidência também que a revelação ocorra quando a cidade, V, seguidamente, no decurso da narração, equiparada a uma baleia, parece naufragar, resultado da *acqua alta* que assola o local. Também essa submersão representa o retorno ao começo, que o retrocesso rememorativo buscava.

Atam-se os fios, e emerge o saber, os fragmentos se unem, compondo o mosaico de que se faz o *rosto* desenhado. Emerge também um romance, tão soberbo, enigmático e inquietante quanto os que o antecederam. Mas não menos inovador, desafiante e radical. Marcia Tiburi já mostrou, e agora mostra de novo, o rosto com que ocupa um importante lugar na ficção brasileira contemporânea.

REGINA ZILBERMAN

1.

Depois de tantos anos estou no mesmo lugar. À minha frente a janela fechada impede a luz do sol filtrada pelo galhario das árvores. Um crucifixo de prata pendura-se a dois pregos por um cordão verde metálico ao lado de um pote branco sobre a guia de onde cai um fio comprido de planta carregado de folhas miúdas iguais a pele de rã. Um saco plástico na maçaneta de madeira guarda detalhes da abundante sujeira ao redor. A parede azul sobre a de pinho que nunca recebeu tinta cobre a superfície amortecida dos fatos.

Prova de fé deste lugar morto é a intangibilidade do espaço a arrastar as horas em panos de chão cinzentos, como as paredes internas hoje derrubadas, como as pilastras a segurar o que resta da casa. Meu avô contava que a madeira viera de Flores da Cunha quando Nova Trento, e era de lei, da que não se deixa carcomer. Intocável é o desenho das sombras suspensas nos muros solitários.

A cena enrijecida seca-me o corpo, imprime-se em mim achatando-me os braços, as mãos, o tórax e inteiramente todo o meu corpo até tornar-me a superfície que contemplo. Firmo os pés no vão entre o antes e o depois a controlar a fratura exposta deste nada na espessura de mil velas apagadas. Contemplo e registro. Ao lado, minha avó sobre o direito do corpo evitando apertar o coração respira sem forças de mover-se. Um colchão de molas sob um de penas são tempos entrecruzados dando um balanço maternal à cama. Pondero e descanso. Ou desisto nos braços do que um dia foi, do que seria, escutando o que rezamos antes de dormir. A voz é pano de seda a esvoaçar pelo quarto azul.

Cortina.

Escondo o que não sei de cor. A verdade não é mais que o movimento das sombras à procura de subterfúgios, o tom chiaroscuro destes anos acumulados uns sobre os outros e que vêm pesar como a insecável mancha de tinta, espessa como um soldado de chumbo em queda prestes a fissurar os ossos de um rosto. Será meu esse rosto.

Não será meu esse rosto.

Meu avô tonto da razão compreensiva das coisas cancela o descompasso com a vida sem esperar que eu venha vê-lo.

Nonno, me espera.
Não. Deixa que entrem as galinhas.

Permanece no asfalto o barulho dos carros na velocidade das coisas que não existem mais.

(Florescem os lírios na primavera. Minha tia sussurra ao meu ouvido, *fui eu quem os plantou, e as rosas e o arbusto de azaleias brancas, olha. Ninguém imagina quem faria isso.* Colhemos as flores, compondo um ramalhete desbotado, ninguém nos vê. Tenta esconder a emoção que a visão da vida provoca em sua alma de sal, contudo sei que também é feita da matéria úmida que a tudo vivifica e por isso se impressiona com a textura sedosa das pétalas, papel japonês na superfície brilhosa de seus olhos tigrados atentos à confusão dos caules e o excesso de folhas. Se é um tigre ou um peixe é coisa que nunca pude decidir.

Pomos a oferenda diante da gaveta onde meu avô está enterrado. Não há letras sobre o muro revestido de concreto. Aqui fora o mundo é apenas um mau jeito de viver. E ali, onde ele jaz, não somos nós. Não deve ser fácil viver assim, é o pensamento que me surge como uma folha de papel vegetal onde eu poderia desenhar um sino a curvar-se nesta hora em que a escala da vida perde a tonalidade, pois que mortos não sentem mais nada, obriga-me a concluir a razão que desde cedo me domina provocando-me sonhos monstruosos, enquanto minha tia tem uma verdade bem mais simples que desliza como a lagarta concentrada em devorar sinais de esperança existentes nas folhas

Falta a fotografia.

Uma chuva fina umedece as lajes, o sol esmaecido cintila sobre as pedras como um pedaço de pano abandonado. Que tempo, é o tempo, o tempo. Tempo. A palavra se repete ensinando-me a não mentir.

Perdido entre as sepulturas, descubro a sucessão de datas que impede o descanso dos mortos.)

2.

No mesmo lugar, no sítio onde a memória não permite abandonar o que há de vir, é outro o domínio do tempo. Abriria a janela não fosse a persiana de cedro presa por pregos gigantes. Faltam-me forças que não as da minha fuga espelhada nas paredes adormecidas, nas telhas nuas do teto, no chão drapeado. O assoalho permanece lustroso debaixo da poeira, das manchas brancas e pretas do esterco das invasoras que preenchem com bicadas na madeira o assombroso silêncio a sustentar o espaço. As galinhas amortecem o sonho com suas penas reais sem suspeitar que, além de ninho e teto, há o que houve e o que há de vir a pousar sobre cálidas asas de choca.

O que existe pertence a estes animais sem romance. As galinhas engraçadas, rainhas empenadas deste mundo sem espelho, são as deusas do quintal às quais rendo culto; rio-me delas gozando-me de mim enquanto beliscam o que, em minha mão roliça de dedos que ainda me esforço por contar, são preciosas pedrarias, pérola e ouro, meus tesouros, o milho na abundante aspereza das espigas. Ergo-me nos artelhos sustentando meu corpo, este peso de menos de sete anos vestido de inocência. Lanço sobre as aves deste paraíso enlameado o que tenho às mãos, a vida antes dos segredos que um dia me farão borrar o passado para poder sustentá-lo nos ombros sem que pese tanto, para olhar na transparência condenada da vidraça do que um dia foi, aceitando que simplesmente se apague. Este riso de antes e depois, este riso com que me farto da existência que não tive — ou fora translúcida? —, não é outro que o combate à angústia da ausência com que devo seguir limpando o cenário futuro onde um dia firmarei meus passos. Firmarei? Não sem dor, ultrapassarei o tempo mítico no qual fui posto por sortilégios de superstição. Terei mais de sete anos, ninguém saberá o nome próprio deste tempo de antes e depois da expulsão do paraíso, texto impresso em fita presa ao meu pulso, sinal com que estarei livre de ser chamado aos ínferos territórios pelos quais me movo desde antes de nascer, cortarei a fita perguntando-me se de fato um dia nasci, apagarei o nome e encontrarei no meu gesto de silêncio grandiloquente a mera arte de atar nós, a que separa a vida no que nela é angelical do que dela é condenação.

É a vida como uma fita, a linha esticada pronta a ser cortada pela tesoura de um Deus que não se oculta e que me vem sugar o sangue desde cedo. É a fita ou a corda pronta ao meu pescoço, ou o risco que faço a carvão no muro de tijolos ao redor da casa esperando que as formigas encontrem um rumo, esperando dar limite ao vão onde estou, e tendo apenas a impressão vaga de que é preciso procurar alguma coisa contra a prova de que aqui a especialidade da ausência é só o que deixou marcas, como a emoção furtiva das coisas tornando ao pó e insistindo que não.

O mundo é feito de espaço. Nele jaz, inerte, uma pena. Enigma jocoso da pluma contra o chumbo do mundo. À esquerda, pela vidraça da janela está minha tia em seus eternos trinta anos. Dá de comer às divindades do quintal, põe-me grãos à mão e a cabeça de um pintinho a piar-me na boca dizendo-me fala-fala, ou é à boca de uma de minhas irmãs? Não sei. São meninas e menores do que eu, estou tão próximo delas que não consigo distinguir, ou somos todos meninos, usamos calças curtas da mesma cor e camisas claras. Não importa, sou criança bem pequena, não completei sete anos e minhas irmãs têm quem sabe quatro, três e dois, fora o bebê que nascerá muito depois e que, diferente de todos os outros, sobreviverá em algum canto abandonado da casa como uma boneca de louça de roupas carcomidas pelas traças e já sem olhos. Minha tia insiste, dizendo-me fala-fala, não falo, ficarei em silêncio até que meu avô me leve à cidade para comprar uma bola e converse comigo na língua engraçada que me faz rir e um dia me fará falar, por enquanto não falo, não falarei, rio como o pequeno demônio que esperam que eu seja jogando ao chão os grãos de milho, pepitas de ouro a reluzir contra o nublado do céu, esta abóbada cinzenta onde também eu sou cozido como o ovo que rejeito todos os dias. As nuvens de chuva enegrecendo o horizonte confundem-se com a terra seca, com o rio vermelho como tinta, mistura de tijolo e pedra a escorrer na água que desmancha a velha ruína em construção. Fala-fala. Não falarei. Espero que passe o tempo, este tempo do que ainda não posso contar, embora eu seja já o pequeno rei, senhor do meu entendimento no devir da lucidez aguda que um dia me irá matar.

Morro já, desde cedo, enquanto vivo e ninguém me pode enganar.

Vejo o erro, fruta madura prestes a cair da pereira carregada, as galinhas fartando-se no apodrecimento das pencas à sombra da grande árvore. É o que me faz ser rei para mim mesmo. Alegram-me as minhas escravas empenadas com a vida guardada na penugem colorida, dando textura rugosa aos afetos recolhidos, ao tempo decidido, àquele a que tudo serve, a repetir-se, a impor-se, a dominar o espaço como a hera que, bem pequeno, esperei que um dia florisse. O tempo, o que me avisando me vem trair, a nuvem de chuva que um dia cai sobre mim sem molhar-me; o tempo em sua devoração de mito, a estraçalhar os fatos com seus dentes de aço, a recolher os restos com suas pinças de fogo, a derramar a tinta amarelada da morte sobre o pano branco dos acontecimentos, a tornar opacas as coisas ainda que nelas more o dia que se foi em reticências.

O tempo, o imortal, insistindo em pulsar no nada, em tensionar o nada ao seu limite. O nada provando o seu excesso. As coisas como um detalhe do pó a navegar no vácuo onde habitam com as galinhas em guerra de fim de mundo. O nada, este efeito clandestino da duração, este cisco a sobrar da fome das penuginosas donas do mundo que, feito carrascos presidindo a morte a mando de outrem, concluem quanto ao destino de todas as coisas em arrulhos inamistosos. As galinhas, as que vêm medir, as agourentas, as que vêm avisar, como a coruja que meu pai trazia ao ombro antes de ser a sombra transitando entre as paredes, as aves do que um dia chamarei de nunca mais desfilam seus estilos incorrigíveis, são as bonecas vivas deste jardim das ruínas em que aprendi a chamar o todo das coisas pelo cálido nome de mundo. Animo-me com elas, aproximando-me para pegá-las como a raposa que vejo um dia escondida atrás da murada do poço. Irrompo de repente. A japonesa, de topete erguido e sujas polainas brancas, abandona os ciscos entre as angolanas, que fogem fazendo petit pois do que poderia ter sido. A de mechas marrons toma água em goles apertados como se o fim de todas as possibilidades estivesse na abertura de seu bico, enquanto a de pescoço nu esconde-se com a preta que pôs ovos no ninho de gatos tendo-se por gata a chocá-los, confundindo penas com pelos, piados com miados, gatos com pintos. São monstros de brinquedo com os quais me divirto amarrando o tempo, passeando pelo espaço perdido com minha tia que ainda segue entre nós enxotando as nossas companheiras de estadia neste vão da história ao qual pertencemos. Minhas irmãs chegam para ver acordadas que ainda estão para a fábula do mundo antes da ilusão sonífera que as irá salvar. Grunhe como um bicho de outro mundo a galinha preta de asas rubras revelando-me um sinal para esquecer. Dona do mundo, não sabe que em poucos dias um circuito fechado e quente guardará toda a história jamais narrada da qual ela foi a parte maldita.

Eis que um ovo no meio da casa já não deixa as linhas tortas, meu avô ri

Nonno, espera.
Não. *Deixa que entrem as galinhas.*

Para ir a qualquer lugar sei que sempre terei de passar por aqui.

(Nos restos entulhados de papel vasculhando à procura da fotografia, encontro a carta datada de dezembro de 1969 e assinada por Maria de Bastiani. Há uma história e ela tem um vão a que ligeiramente damos o nome de vida. E a vida pode ser aberta como o envelope lacrado que a contém. É a carta, osso e fratura, que me faz comprar uma passagem para V. sem saber se poderei sair de V. Se poderei voltar a V.

Nunca usei o passaporte vermelho com a foto da época em que não cortava os cabelos. Tenho ainda alguns meses antes que vença e eu precise renovar a cidadania que terá finalmente chance de fazer-se útil. Mostro-o ao policial da alfândega que olhando sem ver exercita sem muito esforço o poder de insígnia e guichê perguntando-me se sou eu mesmo. Não sabe que não se perguntam estas coisas a pessoas como eu, a sujeitos que se abraçam à própria angústia como um mendigo ao cobertor que lhe encobre as noites frias em que a morte seria um direito. Sorrio mostrando estar acostumado à decepção, meço palavras para que saiba que não posso fazer nada e não perceba quão pouco sei de sua língua, digo que a idade me deixou sem cabelos, ainda que, depois de uma semana longe da máquina, se possa perceber que são, na maior parte da área aberta aos pássaros que me podem contemplar de cima, raspados. Correspondendo a meu sorriso com um irônico esgar de pena e um carimbo sem tinta, devolve-me o documento gritando para que venha o próximo. Ainda não perdi a mania de pensar que tudo é agouro e sigo evitando projetar o que me espera.

Caminho seguindo a indicação das placas. O frio estende o tempo na densa contabilidade destes minutos em que me carrego para fora de mim como alguém que de repente percebesse ter um sócio, um anão acoplado ao próprio corpo e paralelo no espírito, alguém que estando em mim não sou eu e não me deixa pensar. Quase não pesa a mochila às costas na qual trago uma camiseta, além da máquina de fotografar que tenho rapidamente em mãos sem interromper os passos mais inevitáveis do que decididos com que me movi pelo saguão desde o frio no tom desnaturado das tecnologias com que congelam o avião até o frio do inverno, natural, menos sólido, mas que igualmente me fala devolvendo meu desejo aos subtrópicos onde as temperaturas se dizem como intervalos no silêncio. Dirijo-me ao transporte público conforme sugere o guia comprado no aeroporto antes do embarque. Peço um bilhete rejeitando a oferta de ida e volta.

O barco que levará à cidade emerge da neblina atracando a brusquidão corporal contra a intenção de sonho que fará o estranhamento dos passageiros recém-chegados e já diante de tratamento tão pouco convidativo. Que agouro é esse, pergunto no mais profundo esconderijo do que penso, onde ideias inebriadas de sono e frio amortecem a minha curiosidade, enquanto me movo sabendo que meu corpo não está em mim perguntando-me se, finalmente, posso estar, deixar-me levar sem precisar entender o que quero, o que estou fazendo aqui. A cidade, ela mesma um corpo a sobreviver das visitas de gente curiosa e desocupada como são os turistas, não sabe de sua morte. Homens e mulheres encasacados serão daqui a pouco transformados em estátuas de sal pelas pombas com as quais se parecem tanto, forma e conteúdo. É deste modo, vendo a cidade ameaçada de extinção, que sinto uma dor estranha, uma dor sem lugar como se meu corpo não me pertencesse. Uma dor que modifica alguma coisa fora de mim que, ao mesmo tempo, sou eu.

Suspeito que os que estão sentados no desconforto do próprio enfado sejam os que voltam para casa. Não se inquietam, familiarizados que são com a lógica do lugar do qual tocarei quem sabe as bordas nestes três dias que tenho pela frente. Por que a pressa? É o que eu deveria me perguntar. Se eu conseguisse me perguntar. Não compreendo os que moram aqui, tampouco quem vem apenas visitar. Sempre detestei rituais sem propósito, esta gente feita de olhos devoradores, estas bocas que expelem grunhidos vazios, estas pernas que andam e andam indo a lugar nenhum, as mãos que se escondem em luvas e tiram dinheiro dos bolsos como quem jogaria sal sobre as plantas ou arrancaria olhos de bonecos apenas para dizer que um dia fez alguma coisa bizarra. Pagam pela aventura enquanto me sinto desde já logrado pela minha própria ideia, pelos deuses que regem o inferno, pela liberdade de ir e vir que tantas vezes soa a condenação. Talvez seja essa dor, a dor dos pensamentos que me vêm como um efeito do cansaço, porque não dormi nada durante o voo. Uma noite sem dormir é o que me basta para cair em emoções primitivas, mau humor e sensação de agouro que se apagaria se eu pudesse deitar a cabeça em uma pedra e esquecer que existo.

Não tenho esperança de ser salvo pelo cinza que ampara minha chegada. É Deus quem providencia essa cortina de neblina como a prometer que nem tudo está perdido. *Nem tudo está perdido*, a frase sussurra arranjando pensamentos tão primitivos como sonhos ou é apenas a crença em Deus que decide revelar-se como um instinto nascido com o medo. Estou acordado, aviso a mim mesmo como quem informa uma criança. Vou em busca dos mesmos restos. E só o que ouço é a palavra Deus e seu eco, eus, eus, penso se não é hora de fugir de mim, ainda há tempo, ainda não fui atacado pela selvageria das cores que não chego a abominar, que tampouco aprecio, e que sei, há muito tempo, mesmo nunca tendo estado em V., são a marca inevitável do espetáculo que terei pela frente.

O barco avança emitindo um som intestinal. Poucos minutos separam da imagem que me ameaça desde que com ela sonho, desde que li a carta escrita há tanto tempo. Nem tanto, eu já era nascido. Minha visão, este sentido sem integridade nenhuma, está ameaçada a partir do ponto em que me pus a andar. O medo de ser atingido pelo que nunca vi me move enquanto minhas pernas vão sem a convicção de que vou junto. Pergunto-me esperando que não se revele o outro que anda comigo. Ou seria melhor que aparecesse de uma vez e pusesse as coisas em ordem? Mas quem disse que estão em desordem além desse eu que não está em mim? Olho para as coisas intimidadas por fantasmas e é só um alto investimento em atenção que me pode salvar esconjurando os miasmas do que há. A visão, da qual desconfio desde que tive minha primeira máquina de fotografar, confirmará que as coisas são apenas o que delas vemos. Vemos as coisas, pergunto-me esperando que não haja resposta, pois deste ponto em diante começo a desconfiar de mim e quando isso acontece o melhor é confiar nas imagens que me vêm pela lente, esse meu acesso ao mundo quando eu mesmo sou precário. Desconfiar de que terei coragem para ir adiante não é mais a questão desde que não posso sair do barco a não ser jogando-me na água gelada. Não penso. Logo um sinal qualquer, um facho de luz na água semimovente, o cheiro de combustível do motor irracional deste barco, aciona o tempo vivido espelhando-se no que eu poderia pensar. E eis que vejo.

Água por todos os lados até a linha do horizonte a circundar o barco sob o signo de uma inautenticidade onírica para a qual é preciso ter coragem. Não sei que afeto será capaz de reger meus atos, se de fato a coragem, ou a ingenuidade mais simples que me moveu até aqui sem que eu tivesse raciocinado sobre objetivos claros quando se pretende chegar a algum lugar. Venho em busca da foto, e no fundo é também provável, diz-me o que em mim se nega a ver, que eu tenha vindo, na verdade, em busca do frio, o mesmo que carrego por dentro desde que nasci. O frio que me leva de V. a V.

Disposto à intensidade climática que me espera nos próximos dias, fico do lado de fora da embarcação esperando partilhar o que não tem propriedade privada. A atmosfera graciosamente oferecida como o mais familiar e o mais estranho. Pupila sem pálpebra. Pele sem rosto. Com a mochila ainda mais leve agora que tenho a máquina nas mãos desenluvadas, tendo o corpo pronto à navegação sem avisar-me, confiarei no frio do começo ao fim, é ele que me dá o desconforto de que preciso para fotografar cada trecho da via cercada de palanques de madeira sobre os quais uma gaivota e outros pássaros aquáticos parecem ter sido propositalmente presos. Procuro as cordas invisíveis e o que vejo são tranças de meninas caçando borboletas sobre a água. Só o que sei é que deveria ter dormido para poder ver com mais nitidez o que se encena à minha frente. Esforço-me para estar em pé resistindo aos trancos da embarcação movendo-se na intangível dimensão de águas expiatórias incomodadas com a presença dos motores.

Logo percebo que a cidade não é real, que nela só se pode flutuar, que estou mareado desde o avião, que aqui tudo é miragem, que terei de observar a alucinação que me procura como a carta que falta ao baralho, devo lembrar que a ordem do tempo define um lastro e que é nele que devo sustentar o medo do qual venho fugindo como se o Deus de um mundo sem nome. É Deus quem ecoa na neblina do que penso enquanto tento me salvar pela fuga do que eu mesmo sou. E nada melhor para fugir do que buscar, assim como não há jeito melhor para buscar do que conhecer a própria fuga.)

3.

Não há poleiros bambos, nem escadas onde os bichos possam recolher as asas e passar a noite. Galinhas são como pombos, flutuam contrariando o próprio peso como a desordem que pudesse salvar o mundo das meras leis gerais com que imaginamos que ele pudesse ficar em pé. Um mundo em pé, teso e concreto como uma crença cega. E o galinheiro embaixo, sob a casa. É lá que vive o Gattopardo. Aqui uma bicicleta velha, um banco, um caixote de madeira usado para guardar uva, um prato de plástico cheio de caroços de pêssego a secar na luz da janela onde antes os raios transversais do sol compunham uma renda de luz e cor pela qual um medo interiorano ainda me faz perguntas. Um varal de arame segura um cobertor bege parecendo um tapete, um pedaço de palha nele amarrado tem na ponta uma cabeça de alho pequena como um desenho abandonado à linha. Acima de tudo, o lustre verde na sala jamais acendeu a lâmpada. As horas confundem-se umas com as outras. Abre-se um guarda-chuva preto

Piove?

Diz-me o meu avô dando-me as costas a mover-se na lentidão enrijecida que deixa em meu corpo um arrepio de tristeza e dó.

A peneira, a espiga desdentada, a imagem de Nossa Senhora Aparecida crivada de lantejoulas a brilhar humildemente sobre a estaca da parede a segurar as tábuas. Nossa Senhora da Conceição num santinho de papel lançado ao descaso mostra que aqui tudo foi como o tempo vai, escoando devagar, sem chance de estancamento.

São lágrimas de orvalho, ou são lágrimas de gente, não sei, não olho direito para estas coisas que me fazem pensar demais. Vejo apenas as Nossas Senhoras, agradeço porque vieram buscar as rosas antes que as galinhas destruíssem os canteiros e ocupassem a casa. Antes da expulsão do paraíso. Antes da chegada do Gattopardo.

(Estou no Pequod. É desta história que me lembro como de uma dívida não paga, daquelas com as quais se sonha vindo calibrar a totalidade dos pensamentos. Flutuo no silêncio de um dia confuso com a noite, à espera de encontrar a monstruosa Moby Dick e vingar-me por meu avô de alguma coisa que lhe devo. Devo a mim. Alguém além dele espera minha atitude, sou apenas eu quando me esqueço onde estou e tenho sete anos perdidos nesta habitação opaca que é a memória. Por instantes sou Ishmael. Meu avô é o capitão Ahab perdido em sua própria busca carregando nos braços o cancro inútil do que não poderia ser esquecido. Do ancestral ressentimento livramo-nos somente ao lograr um Deus. E mesmo um Deus negativo como um monstro a perseguir é melhor do que a vida deixada ao acaso das horas amareladas na bile derramada de tudo o que está cansado de viver. Mais monstruoso é o monstro que nos devora sem ver e que me pergunta: já nasceram?

Quando me dou conta o monstro está todo à minha frente. Moby Dick é a cidade. Emerge das águas disponível como uma prostituta desde que se possa pagar bem, ou é a maçã de feira que com um pouco de esperteza se pode roubar. Afundo na neblina a clarear a noite e vejo apenas o imenso cadáver que flutua, sobre o qual gôndolas flutuam com cadáveres sobre os quais flutuam cadáveres sobre gôndolas...)

4.

Tenho sete anos e fujo de casa ao saber que aqui nada teve mais de um século, que só o frio, que enregela mãos e pés num ato de duração estanque, é imortal. Se sombras sobrevivem pelo sol, não entendo por que me seguem mesmo quando corro para debaixo da casa onde o pio dos filhotes amarelinhos soltos na serragem me causa compaixão e raiva. A raiva que me fortalece a razão desde cedo fazendo-a perigosa como a máquina de triturar milho da qual me lembro sempre que tenho a minha Leica em mãos. A mesma razão que explica a sabedoria da fuga que me conduz desde já a certa espécie de morte. Saber que todos os vendavais conduzem ao mesmo lugar não explica a agressiva brotação da planta do abandono com viçosas folhas metafísicas expandindo-se das raízes de força convulsa ao tronco onde talho o nonsense dos meus dias. Que o pensamento seja borra nos dedos a vasculhar estes cantos ensujecidos é a mera prova de que a vida muda pouco, que não há como mudar.

Dizem que nenhum dos ventos pode derrubar a casa que a cada dia se inclina em centímetros incertos. O ar dissolve os segredos que um dia imaginei e que hoje não passam de pó a ser varrido pelas portas da direita ou da esquerda ou, pela superstição que ficou apesar da totalidade da morte, pela porta de trás. Poucas portas, não sei dizer quantas janelas As aberturas repetem a confusão dos tempos atravessando a casa em ruínas. Sobre um balcão branco de pernas tortas, uma caixa de papel leva uma réstia de cebolas mostrando o ar tão promissor quanto frustrado do que um dia fora a encenação da vida familiar. Hoje somente fantasmáticas paredes.

Não venta, não há mais vozes. Nunca houve vizinhos num vasto raio ao redor da cidade fortificada construída por meu avô. Medo de invasão ou o contrário, o medo que faz transbordar todas as margens, aquela modalidade simples de receio que não deixa de ser maiúscula e imponente, que se torna aos poucos um trabalho árduo, o que recebo de herança, o medo ancestral que faz por anos e anos meu avô evitar o pior, o retorno do que não se quer saber, o caminho sem meio, a porta sem abertura. O objeto de todos os objetos. Aquele que não se pode tocar. Por fim, o que não se ousa dizer, o que é expresso nos olhos, nas palavras de ficção que uso desde cedo por ser vítima da atenção que me adoece, e que não é outra coisa do que a perigosa vinda do Gattopardo, que se torna o fato dos fatos, aquele que explica a necessidade de contar esta história, de explicar o sentido da carta, o que me fará viajar, abrir o dicionário, acionar a máquina fotográfica. O Gattopardo em seu poder de império e reino é o único que poderia reerguer a casa, ou evitar sua queda, se não tivesse sido ele, pastor das galinhas, a projetar sua destruição e condenar todos os filhos, em seu sadismo de Chronos, à devoração pelo que há de vir. Não posso saber se, depois de tudo, não é ele que ainda preside os acontecimentos regidos pelo vácuo nesta pátria desfeita em longas tábuas desprendidas do chão.

Os restos não pertencem a esta alucinação partilhada por todos os que sabem ver. São minha herança, com tudo o que aqui não vive mais. Conservados neste museu da decadência, os restolhos não são objetos descartados, são marcas, rastros de personagens que poderiam existir em romances, são bagagens de tripulantes de uma nave a afundar, sinais de estadia em um planeta em que humanos só puderam habitar ao serem dele expulsos. Anatomia da solidão exposta em órgãos.

O ar de sobras que respiro avisa que nada é tão estrangeiro quanto eu. O Gattopardo está ali como aquilo que, sendo o mais próprio, é o que não se sabe, sequer se vê e, no entanto, é total presença. Identifico-me com os sacos de estopa contendo apenas o espaço interno de si mesmos a guardar o abismo para as gerações vindouras, o abismo sem o qual não seríamos mais que o encantamento que nos possui. Nada aqui dentro é mais externo do que eu confuso com as coisas que não posso conhecer. Um guarda-roupa de pés redondos cai para trás deixando ver o encerado da parte interna. Insinuam-se portas abertas negando a natureza deste cenário tumular. Os fios de eletricidade em trapézio, soltos e descascados, confundem-se com fios de cabelo em chumaço como ratos mortos pelos cantos. Corpos, pedaços de alguma coisa que poderia ter sido e da qual só resta um odor como última sensação de consistência do que aqui se cravou no ar como realidade. Presas do Gattopardo e seu poder de insônia. Um estrado empoeirado de madeira voltado ao rés do chão combina com a pia que um dia servirá a qualquer coisa, quem sabe a fonte do jardim de uma nova casa tão inexistente quanto qualquer desejo de futuro. O teto permanece intacto, não fossem as manchas de mofo e um excesso de pó agarrado à teia que desabrocha no canto do que um dia fora um quarto.

O cinto de estampa miúda que minha avó usava ainda ontem amarra os tampões da janela à direita revelando as coisas como perguntas inteiras que não poderei responder.

Tudo é secura do pó que já encerra seu devir. Um pedaço de papel traz escrito

porta sanfonada,

outro:

viver mais e melhor,

a ironia da vida inteira se diz com provas. As galinhas bicam a porta forçando a entrada.

Meu avô ri.

Nonno, espera.
Não. Escuta o pio das coisas.

* * *

Tenho sete anos e não vou além da esquina. O mundo é a casa e ao redor, o paraíso em que comerei a fruta do conhecimento do bem e do mal, do qual buscarei ser expulso por minha própria conta. No jardim, as espadas-de-são-jorge ainda crescem como erva daninha, a porta está aberta, os lírios vermelhos enviam-se em gramíneas e pólen para dentro desse todo das coisas indo embora. Não são lírios vermelhos, só as incólumes flores da corticeira a resistir. Uma teia de aranha de arquitetura incomum se estende do lado de fora da parede até a porta da direita, as galinhas ciscam o chão da varanda além da porta da esquerda. À direita, as tábuas inchadas pela chuva e excesso de vasos de folhagens fizeram desabar algumas tábuas do chão. As latas de tinta cheias de água, os xaxins com ervas e pimentas, o vaso com brincos-de-nossa-senhora, crisântemos miúdos em flor e botão, gerânios e margaridas selvagens, begônias rosadas murchas por falta de água estão todos ao fundo, esquecidos do resto. Só se desenvolvem os cactos neste deserto em que beijos vermelhos confusos entre carrapichos-de-princesa e cristas-de-passarinho confundem suas versões ressequidas. Trevos violáceos pendurados na parede dentro da lata enferrujada. A roseira bruta colada à coluna que faz resistir a varanda diz qualquer coisa que não posso entender. Sim, aqui tudo fala e o que se ouve é evidentemente o silêncio.

Da roseira nada além do vermelho decorando os espinhos encravados no destino como facas.

Um pouco adiante, o pé de cidró com os bichos-da-seda pendurados são vestígios de qualquer coisa que já não importa a ninguém. No chão resiste o musgo e, mais além, bolotas amarelas de uma planta espinhosa, cujo veneno mataria um grande animal, fosse um cavalo, um homem, uma vaca. Ou mataria os elefantes na clareira aberta da minha imaginação, mataria ainda mais rapidamente a mim e às minhas irmãs que ainda não temos altura para alcançar o parapeito da janela.

Estamos ali e parecemos apenas crianças perdidas.

A gata de pelagem rochosa enfeita o cenário no seu mimetismo com os pedregulhos aproximando sinais animados de inanimados. Neste mundo de galinhas ciscando, de penas e pelos, de objetos sobrados, minha avó agacha-se para me mostrar

Il quadrifoglio.

Subo em uma pedra e consigo olhar para dentro. A janela é moldura a demarcar o cenário. Quadro da verdade efêmera do mundo, alegoria matemática da vida inteira que me explica por que aqui nada se dá pela metade e mesmo assim não chega a ser inteiro, por que cada canto é um mundo completo — e nunca o todo — como a morte que os vem desolar. Recolho o trevo de quatro folhas como agora em que, imitando o gesto das galinhas, também eu cisco o chão recolhendo restos de papel, uma revista, um envelope, uma página de jornal.

Meu avô ri.

Nonno, espera.
Não. Deixa que os mortos enterrem os mortos.

Tropeço em um feixe de ossos que não existe e a única exclamação que ouço é eco de silêncio lógico.

(Bem poderia ser um diorama feito de maquetes, com cúpulas de plástico cuidadosamente dispostas em assimetria controlada fornecendo um ar de naturalidade ao cenário de inconsciência *kitsch*. Janelas sírias de papel acartonado não tão bem recortadas que não deixem qualquer olho medianamente treinado perceber a imprecisão das medidas ou o descuido da mão. Fachadas de papel marmoreado imitando pedra da Ístria tendo ao fundo paredes cuja tinta azul desbotou com o tempo do qual só sobrou a parte chamada história. Embarcações de papel machê colocadas na água com sais coloridos dão a impressão de uma banheira cheia. Quiosques de *souvenirs* minúsculos causam a sensação de que se pode ter um pedaço do pano santo que reveste o cadáver de dimensões gigantescas tornado sagrado ao não poder ser condenado à morte. Difícil não sentir-se verme ainda que adversativamente. O exercício de imaginação feito por um artesão de brinquedos, cujo trabalho é rejeitado por crianças, interessando somente a curiosos que esperam finalmente atravessar o espelho, me dá o cansaço de quem de repente entrasse em um deserto povoado e tivesse que roubar a água alheia. Estou em um parque temático do qual não poderei sair sem antes ter pago o ingresso que alguém me lança ao rosto com a gargalhada ventríloqua que me faz saber que dando as costas poderei apenas voltar ao mesmo lugar. Olho prometeicamente para o túmulo do passado. Só o barulho de água lambendo o muro como um animal que se descobrisse vivo faz saber que a vida está onde menos se espera.

Entro na cidade de brinquedo fotografando o píer sobre o qual caminho cercado de botes e gôndolas, gente com malas e máquinas de fotografar como eu. Procuro os gestos admirados, quero ver se seus olhos também pesam como os casacos que os protegem do frio dando-lhes o ar de animais prepotentes contra a força da natureza manifesta que ataca olhos e narizes agora vermelhos e umedecidos. Procuro, na verdade, a diferença que me salvará do ridículo, e vejo que não há saída que não seja metateórica, essas voltas que o pensamento dá buscando amparo no medo que acoberta os desejos e que, covarde, não se assume sequer como medo. Enquanto duvido de mim mesmo, palavras me vêm à mente como tentativas de superar a estranheza que me devora. Fotografo os que passam contra as árvores secas a fotografarem-se uns aos outros nas cadeiras dos cafés, hieráticos em seus sorrisos como a sorte enfadonha dos monumentos, fotografo-os aproveitando a fachada dos palácios amontoados diante da água que os engolirá como o bígoli que os nativos estão acostumados a comer e pelo qual pagarão o preço das almas cheirando a velas. Devorar e ser devorado seriam dois lados da mesma moeda se não fossem duas páginas dispostas na abertura do fólio do livro de areia em que se escreve a vida. Cada miragem torna-se real em minha câmera como jamais seria ao meu simples olhar orgânico que não compreenderá, ontem ou hoje, a natureza da ilusão que, de algum modo, intuo, está por ser demolida.)

5.

Sou pequeno, menor do que minhas irmãs, e mais velho do que elas. Não me iludo quando dizem que serei gigante. Medem-nos pelos degraus da escada. Desconheço o nome da maldade adulta que se dissiparia com a dúvida que em pouco tempo conquisto como um sabre com que poderei matar piratas, atravessar o mar que nunca vi, fugir para a uma ilha sem nome. Um galo canta no meio da tarde escura e fria anunciando augúrios sem qualquer sentido.

Tento matar meu irmão que tem a mesma idade que eu e que não se parece comigo mesmo sendo meu gêmeo. *Menina negra*, diz-me quando quer ofender-me, *menina negra*, ele grita, quando quer espantar-me. Primos sem rosto que moram há muito tempo atrás do fogão riem como gralhas animadas enquanto me puxam os cabelos, correm longe caçando cãezinhos pendurados nas tetas da cadela preta, tiram os dentes para dormir, ameaçam matar a gata que se enreda em meu pescoço quando o frio vitrifica meus olhos. Chamo-os quando preciso agir na direção do mundo que desconheço, quando espero soluções. No entanto, mesmo vendendo-lhes a chave das portas para que possam sair do escuro, traem-me sempre que podem, ajudando quem não lhes dá nada em troca. Um dia, é meu anseio de menino aviltado, vingo-me mostrando onde estão ao Gattopardo que não tardará a chegar. Que já está aqui.

Meu irmão escolhe um nome para batizar o cão recém-nascido de pelo castanho-claro, reencarnação dos que morreram no asfalto atropelados por caminhões. Uma de minhas irmãs, a que um dia irá morar longe dos espelhos, rodopia no meio da sala com a saia de arco-íris esquecendo-se de se esconder. Dentro de casa é preciso fingir que não existimos. Muito pequena, ela não me ouve, não deixa que eu toque a máscara que tem no lugar do rosto.

Fervem-se leite e açúcar sobre o fogão na preparação de um doce de que todos gostam muito, enquanto o cão que um dia morrerá atropelado cresce deitado no sofá da sala onde pretendemos domesticá-lo amarrando suas patas. As vidraças embaçadas mostram o conflito entre o mundo de dentro e o de fora. Sem saber onde estou não pergunto o que será de nós. Tenho o meu pensamento, a minha ideia e a minha chance.

Meu irmão sobe no triciclo azul. Chamo os primos sem rosto para que me ajudem a mover a condução de ferro. Antes de partir meu irmão avisa-me que não deixe o cão faminto latir enquanto a saia de arco-íris segue firme na produção de seu vórtice. Empurro o triciclo com força até que se choque ao fogão, derramando leite quente em minha vítima. Os primos sem rosto puxam a saia, derrubando o arco-íris.

O cão arrasta-se sobre paralelepípedos da calçada. Escorre líquido o que antes na vidraça foram gomos de vapor. Surge do centro das coisas um olho cheio de sangue desejando aquietar-me. O cão engole um pedaço de fino osso de galinha. Leite pinga do fogão cheirando forte. O cão estertora com o osso atravessado na garganta. Geada é só o que se pode ver pela vidraça escorregadia. Um olho verde que nunca mais verei me ameaça de morte por afogamento. A menina de nádegas brancas chora retorcendo a máscara de papel, pedindo que não enterremos o cão. Um olho amarelo queima sobre mim enquanto aviso em uma frase que o animal não está morto.

Soa um pontapé no escuro. Primos sem dentes voam pelos ares recolhendo as intenções em pingos de sangue espirrados. Cassandra na tarde escura e fria, o galo repete sua ladainha enquanto o cão a ganir o único nome que terá não desdiz o destino em que foi enredado. Olho para o rosto sufocado, a pupila circundada de carmim rouba o pó da realidade na qual todos latiriam se ainda pudessem usar a própria língua. Olho para o cão. Seu sofrimento encolhe meus pensamentos. É a faca da consciência que me corta a língua. Vejo seus olhos de vidro dirigindo perguntas aos meus.

Sou eu este cão.

Não sou eu este cão.

Meu avô leva-me pela mão direita ao hospital para ver meu irmão; aperto os dedos ásperos com medo de cair nos vãos entre as pedras que conto no caminho. Mostra-me o horizonte dizendo que nem sempre o sol se põe, que as verdades não são matemáticas como não é preciso o carro que passa na velocidade das coisas que não existem mais.

O corpo não sabe a diferença entre a dor e a morte.

Diz-me o meu avô quando entramos no hospital. Fingindo não estar presente, conto-lhe que faço barcos de papel porque serei marinheiro, que pretendo viajar para longe, tão longe que nunca mais tenha que voltar. Meu avô ri dizendo-me que

Antes é preciso acabar com a guerra entre as moscas.

Mostrando-me a porta do quarto no qual resisto a entrar, onde meu irmão com a cabeça enfaixada e a boca torta brinca com um estetoscópio pedindo que eu desapareça.

* * *

Pela mão esquerda é que meu avô me traz de volta. Quebro a grama do campo branca de geada com meu cajado cerasínico colhido na praça defronte ao hospital. Peço-lhe para não irmos a lugar nenhum. Que não retornemos a casa. Ele aceita, dizendo-me que podemos pensar nisso desde que eu deixe o cajado e não me torne pastor de nenhum rebanho. Não é difícil aceitar o que me diz, há tempos o segredo que nos torna cúmplices permite outros acordos. Tanto ele quanto eu sabemos quem é o Gattopardo e por que motivo foi preciso deixar que chegasse a nós. Ninguém suspeita que haja uma verdade por trás de tudo. Só que neste instante ainda não chegou, embora esteja aqui. Ainda estamos a esperá-lo e rezamos para que desista de vir, embora não se possa simplesmente inverter o destino e fingir que não tenha chegado.

Meu avô não quer que eu saiba disso tudo.

Para distrair-me conta-me que o frio diminuiu nos últimos tempos e que a geada, viva ao meio-dia como a contradição dos fatos, logo não haverá mais. Que no futuro o sol será para todos. Sei que modela cada palavra com a esperança que retira do fundo de seus olhos azuis translúcidos. Olhos que, carregados de medo, devem filtrar o mundo da maldade. Pergunto-lhe se existem lugares onde não há frio e se podemos nos mudar para lá. Rindo enquanto ajeita o chapéu de lã, ele reduz meu sonho à tragédia da realidade pela explicação de que os lugares viajam conosco aonde quer que se vá. Que para ir é preciso voltar. Que a todo lugar que se vai é preciso passar pelo lugar de onde um dia se saiu. O início não é outro do que o lugar ao qual se retorna para seguir adiante. Que o espaço engana como a mariposa mimetizada ao muro da cor de suas asas e que tudo, por fim, é viagem no tempo que só se deixa ver em vestígios depois que já passou. Leva-me, atendendo ao meu pedido de extravio, de ocultamento e fuga, ao mundo do sem-retorno do qual nos aproximamos sem entrar.

No meio do caminho, meu avô colhe uma pedra do chão dizendo-me

Fecha os olhos e abre as mãos.

Descerro as pálpebras esperando ver um cristal raro, e o que se abre para mim, na superfície das palmas, é a caveira que me encara sem me ver. Só meu avô me olha como se me interrogasse sobre algum sentido que poderia haver nas coisas e que eu ali, surpreso, deveria discernir. O levíssimo peso ósseo quase não cabe em minhas mãos, meço a cabeça descarnada com a bola de futebol que carrego na imaginação sem assustar-me do morto que contemplo. Se é o rosto universal sob a humana máscara que a todos pertence saberei muito depois quando mais velho torno-me a vítima de minha própria vidência.

Peço para levá-la para casa sabendo que não se joga bola com a face alheia, nem se pode tê-la no quarto como um bibelô, que os mortos sentem a silenciosa inveja dos vivos, aquela que nos faz calar sobre o que pensamos deles. E por isso é melhor que não nos olhem selando um pacto em que somos surdos e mudos, cegos e ignorantes do que devemos uns aos outros.

Dou às minhas irmãs as balas que compro na mercearia com o dinheiro que encontro no oco onde antes um olho viu a falsa face do mundo.

(Na praça lotada de passeantes, filas para entrar na igreja sobre cuja fachada um exército de santos assustados reza para que vão embora enquanto outro exército exibe-se sem saber-se condenado à vaidade da pedra. Na fila ninguém percebe, não há quem possa se ocupar da guerra que travam há séculos, já não podem olhar nos olhos das estátuas medusantes, reduzidos que estão, também eles, à posição de Górgonas quando todos já foram petrificados.

Eu fugiria se não tivesse a máquina com a qual me esquivo do que vejo.

Caminho para perder-me antes de procurar meu destino. Penso se a lentidão do olhar, a sensação que procuro como a rua de mão única, na qual desejo entrar sem chance de volta, é um direito do voyeur que eu mesmo sou neste passeio mórbido, ou se tenho medo de encontrar o que vim buscar.

Saio da grande praça com a sensação de um cenário invadido por espectadores, as roupas dos atores e suas máscaras dispostas nas vitrines como relíquias roubadas a preços impagáveis. Entro no labirinto pela primeira ruela que se abre, espantando-me com o estreito por onde se autoriza o movimento. Vítimas do Minotauro desfilam ingenuamente entre as paredes pensando que as paredes é que desfilam para elas. Não sentem o cheiro de sangue, não sabem que deveriam portar o fio mágico com o qual recuperariam a razão depois de um dia vagando pelo sonho que não pertencerá a nenhum deles senão na forma de uma máscara barata fabricada na China.)

6.

Minha tia tem, agora, trinta anos. Corta pedaços de carne sobre a pedra dando de comer aos gatos erguidos sobre as patas em redor da pia. Conto cinco, podem ser seis, quem sabe sete. E miam, pois têm a boca aberta. Moça, ela dá três passos à esquerda, senta-se contemplando a estampa no linóleo sobre a mesa. Reflete-se no alumínio a sua cabeleira de Górgona, ou são apenas cachos castanhos ainda densos. Talvez seja quinta-feira. Sem dar sinais ao cenário no qual foi encantada, levanta-se deixando intocados sobre a tábula rasa da cozinha o pedaço de pão feito no sábado e uma xícara de café com leite quase frio. Dirige-se à porta, esquecendo-se de fechar o fogão que exala um resto de fumaça, sobra do fogo à hora do almoço que agora se resume a restos de pensamentos, formulação fracassada de algo que deveria ter sido, diferente do cheiro da sálvia que perfumou a carne horas atrás, vida além da sobrevivência, emblema de que sob o signo do efêmero um prazer poderia fazer tudo perdurar. É meu avô quem bate à vidraça turva do frio chamando-a para ver o bezerro recém-nascido no galpão dos fundos. Alegre, ela lembra de fechar a porta antes que entre o cão sem nome que espera roubar o resto de carne dos gatos, antes que o frio devore o resto aquecido do ar a ser hermeticamente conservado aquém da porta nestas tardes descomprometidas. No caminho, seguindo a ver o animal que acaba de vir ao mundo, apanha um ramo de erva-cidreira perto de onde minha avó colhe laranjas-lima arranhando os dedos que sangrando mancham a casca amarela da fruta. Já não adianta chamar-lhe a atenção, pedir que tenha cuidado. A velhice é uma forma de abandono ao que de si mesmo preferiria simplesmente dizer não, é o que ela não tem coragem de dizer para a mãe que envelhece e perde os reflexos. Em frente sem olhar para trás, já com vinte anos, recolhe uma papoula do canteiro entre os cinamomos que deverá ficar no copo a servir de vaso sobre o armário da cozinha ao lado das frutas, arranjará o ramo de erva e a flor vermelha depois que seguir para o quarto onde agora experimenta um vestido de estampa azul. Minha avó ainda hábil com a tesoura de aço faz um recorte cavo e fundo onde seria costurada a manga curta do vestido com o qual, sabem todos, ela não irá ao primeiro baile. Talvez ela não saiba e não há quem tenha coragem de dizer-lhe. Com o braço erguido se pode ver que crescem seus primeiros pelos, é tarde para uma moça de quinze anos que ainda não menstruou, minha avó finge não vê-los enquanto decide sobre as pregas nas costas que ajudarão a formar a cintura de moça. Vejo-a, então, pouco mais de treze anos, a tecer em crochê um viés para o avental que nunca usará, a subir na pereira carregada ainda de calças curtas para colher o que pensa ser a maior das frutas. Cai e torce o pé precisando ficar por semanas em repouso entre o sofá vermelho e a cama. Sem ter o que ler só lhe resta sonhar, e, como não há sonho que reste, deixa-se levar pelo ódio que jamais cura feridas. Estremece do afeto obscuro ao que lhe tem reservado o destino. Logo mais, tem nove anos, ensinam-no a bordar, dizem-lhe que é mulher, pergunta ao pai e à mãe o que isso significa, se é um modo de sentar ou um jeito de comer, calam-no com frases de preconceito e engano e, na insistência, soa um tapa no rosto vindo de algum adulto envergonhado de si mesmo. Quebra-se o gelo manchando o rosto destas tardes sem verniz. Aos sete anos vai à escola com o irmão mais novo até que desiste no caminho, chove e seu guarda-pó rasga-se de tanto usar, ninguém se assusta que desista tão cedo, não há quem se importe com uma menina, querem apenas que seja virgem, que se case e seja mãe, ou que não se case e seja uma boa filha. O tempo é só uma ilusão. De qualquer modo querem que aprenda os atos com os quais se deve comprometer desde moça, lavar e cozinhar, cuidar e obedecer. Tem cinco anos e desenha as primeiras letras no papel rosado sobre a mesa onde agora deixa esfriar a xícara de café com leite, anda pela casa agarrada à boneca de pano, meu avô leva-a pela mão a conhecer a cidade à qual não desejará voltar. Tão pequena, parece ter pouco mais de um ano, ergue-se sozinha na caixa de guardar lenha dando os primeiros passos de um começo que retorna, engatinha em redor do fogão deixado ali a morrer no frio, dorme sobre o sofá de couro vermelho numa tarde de domingo que ainda se mostra como um véu de água sobre os olhos. O cheiro da lenha queimando é uma espécie de calor fantasma. Luz exala das coisas como a sombra guardada nas gavetas. Vão-se as gavetas, vão-se as quintas-feiras e os domingos, vão-se os dias e as noites, os sofás largos tornam-se cada vez menores, a porta já não se abre a receber visitas, não se repetem as moscas nas vidraças, quebradas que o são, estilhaçam-se agora, surpreendendo-me a visão como uma explosão de fatos a romper o sistema de memória e esquecimento em que confio como um crente na matéria do sonho. Tudo voa para dentro do todo das coisas indo embora. Impera uma lei sobre os fatos antes que tenham acontecido. Desfazem-se os acontecimentos antes de terem sido.

Meu avô diante da janela a observar seu desfazimento despeja o frio em um copo e o serve à minha tia que me pede, olhando-me nos olhos a perceber que apenas o inverno não se vai, que a leve quando morrer a V. dizendo-me

Nossa prisão é o infinito.

Ao lado de meu avô no galpão atrás da casa, ela contempla emudecida o bezerro em seus primeiros passos na sempre reta direção da morte.

(Sigo em frente por um corredor enquanto uma fila volta pela esquerda. Tropeço em um manequim vestido com uma capa preta e a máscara branca do médico da peste. Ninguém percebe que a morte é o movimento dos gonzos em torno de um mesmo eixo. Dentre todas as máscaras que posso ver é a única que ainda me parece contemporânea neste baile anacrônico, festa de casamento entre a vida e a morte, sendo a vida a ansiosa noiva virgem que se entregará aos braços gélidos da amante devoradora. Talvez por isso, chego a pensar, por este arranjo das coisas com sua negação, é que eu nunca tenha me casado. A dona da loja vem queixar-se chamando-me desastrado enquanto me esforço por pedir-lhe desculpas que não pareçam simplesmente formais. Tentando amenizar seu olhar embravecido, brinco dizendo-lhe que fui puxado por um fantasma que me pedia socorro desde que fora por ela escravizado. Indignada xinga-me de blasfemo pondo o seu escravo em pé, dando-me as costas, fechando a pequena porta onde se aquece no conforto de parasita da história que aprendeu a ser na descendência imaginária de algum doge endinheirado de cabelos sebosos como os seus. Fico diante da vitrine contemplando a raiva desnaturada da balconista. Dentro da loja uma moça de olhos azuis, cabelos tingidos de vermelho, a pele machucada pelo frio, é quase boneca de cera mais que corpo humano, não fosse pela mão que se move a tirar da bolsa uma nota de dinheiro para pagar a máscara que lhe cobrirá os olhos no carnaval. Fotografo-a perdendo de vista o seu rosto, guardo a silhueta de boneca e a sensação de que a vida, mesmo existindo, não chegou até aqui.)

7.

Vendo-a envelhecida a pôr flores no altar dos mortos sobre o pequeno armário da sala ao lado da mesa do canto, trago-lhe um copo d'água convidando-a a descansar na cadeira de onde se pode ver o jardim. Desabrocha uma margarida entre as gérberas em botão postas num vaso de vidro fosco, os arbustos ao redor da casa, amarelados como papel manchado de chá, não deixam ver a qualidade das plantas, se florirão, se serão simples folhagens. Tem setenta anos ou menos, não sei se tenho doze ou dezesseis anos, dezoito ou vinte e cinco, confundo-me vendo as pernas inchadas e tortas, não sei se já é o tempo em que planta ramos de rosas no cemitério para enfeitar o que não há enquanto reserva para si um lugar ao qual deverá retornar sem jamais ter dele saído. Se tenho sete ou quinze anos, trinta ou quarenta, não importa, vamos ao cemitério todos os fins de semana mesmo quando não estou em V. Sou pequeno apenas enquanto não descobri a máquina de fotografar que mudará minha visão das coisas sem manchá-la com o mofo da realidade em que me concentro agora.

Meu avô está sério e diz palavras feias que só ela e eu entenderemos, ela me avisa que não há sentido no que ele diz, mas sei que quer enganar-me e preservar com a ignorância a inocência que todo adulto deve a uma criança. Enlaçando fios nas agulhas para flores de crochê com que fará uma almofada para o sofá vermelho, conta que sente dor em todas as partes do corpo desde que ele morreu. Deve ser um efeito do susto, completa. Digo-lhe que ele morreu de greve de fome, que foi um cancelamento. Ela não ouve. Pergunta-me se sonhei com ele. Minto que sim. Pergunta-me sobre a fotografia para a lápide, pode ser aquela de quando ele se casara com minha avó, diz. Imaginando-me o intérprete onisciente de seus desejos, pensa que sei o que quer dizer e saberei onde encontrar. Respondo-lhe que não se pode fotografar uma memória.

Mas não confio no que digo. Não tenho coragem de lembrá-la que não temos fotografias. Que nesta família não tivemos imagens. Que é desta ausência que nasceram todos os fantasmas com quem convivemos. Ela sabe que não tenho razão e mesmo assim me diz apenas fala-fala, não digo, não falo. No cerne das pálpebras amolecidas vejo-me em preto e branco até me arrepender por fixar meus olhos no passado.

De qualquer modo, peço ao meu avô uma fotografia. Ele ri dando-me as costas.

Nonno, espera.
Não. Vai embora. Não vou tirar a fotografia.

Cruzo o tempo tendo o não como o chapéu que usarei todos os dias para proteger-me do frio. O frio me persegue aonde quer que me leve a fuga com cuja lâmina abro os caminhos que percorro. Olho para minhas mãos enrijecidas de frio operando a máquina de fotografar como se fosse um órgão visceral. É inverno em todos os lugares onde passo, ou me tornei incapaz de perceber o verão?

Meu avô atravessa os corredores das casas onde ha bito perdendo a imagem dia após dia.

(Encostado ao parapeito da ponte miro o pequeno canal cujo cheiro de esgoto torna claro que a beleza é o véu do esquecimento que colocamos sobre a decomposição invisível dos fatos ou o desejo mascarado de espiar a vida de quem passa. Uma gôndola de assentos adamascados leva um casal como duas estátuas olhando para lados opostos. Por sorte — ou fora virtude? — nunca passei por uma coisa tão triste como deve ser um casamento. Veem-se os rostos envelhecidos sob capuzes de pele à medida que se aproximam, aproveitam o frio sem luvas como alguém que encontra prazer ao pôr o pé para fora do cobertor. Na mão esquerda da dama concentrada na paisagem amniótica um anel com uma pedra provavelmente preciosa a luzir na luminosidade deste dia feito de raios mínimos. Leva um lenço na mão esquerda com o qual seca o nariz, vejo que seca também os olhos à medida que se aproxima.

Não se pode saber se os óculos de osso de crocodilo sobre o nariz do homem aprumado seriam parte da cena ou a própria moldura da qual ele participa. Tem ao pescoço um lenço de seda no qual poderia perfeitamente matar-se enforcado, dando à fotografia que faço um pouco mais de drama. Uma pose finalmente verdadeira neste cenário de atores inconscientes combinaria mais com o gondoleiro desdentado que rema ajudando-os na travessia e que, ao olhar-me nos olhos, oferta-me com generosidade a dúvida sobre se estão vivos ou mortos.

Nesta hora sinto falta das minhas sombras. Fotografo o que vejo apenas para poder revelar o que me faz tê-las de volta.)

8.

À janela naqueles dias em que um segundo vale milênios meus pés desobedecem-me e ameaçam voar contra o frio da geada da qual, pequeno corpo assustado, fujo com minhas irmãs temendo ficar de cama, temendo a pneumonia ou que volte a coqueluche que há poucos dias quase nos matou. Permitem-nos olhar, e não mais que olhar, a água congelada nas poças diante da casa, as estalactites de orvalho presas como ossos nos galhos das árvores. E só o que faço é olhar, enquanto minha irmã mais nova esgueira-se pela fresta deixada aberta por algum primo sem rosto que saiu para buscar leite. Atinge o chão em branco, molhando-se inteira. Vai parar no hospital por muitos dias. Meu avô colhe as margaridas selvagens uma a uma, são as únicas que resistem ao gelo que reveste as horas desenganadas dos dias, traz-me um ramalhete amarelo dizendo-me que devo guardar com os miolos para baixo, que secas serão bonitas como cabeças de pássaros. Entendo metade do que ele diz, ele repete ensinando-me a compreendê-lo enquanto eu penso que fala em sua língua por estar triste.

Naqueles dias emudecidos, meu avô mandara embora o fotógrafo que viera da cidade no seu ofício fúnebre de guardar a imagem e estava, mesmo tendo sido gentil com o homem, a fugir da fúria de minha avó indignada com seu gesto. Ele é o vulto sem rosto distante no aceno que se dá às coisas que não voltam mais, sobram, no entanto, aprisionadas no fóssil da memória.

Nega-se à pose enquanto minha avó, usando o direito à memória dos que sabem que vão morrer, fotografa-se sozinha. Sei que não deseja ser esquecida pelos filhos quando estiver morta.

Neste tempo, ela sabe que vai morrer. Tem ao seu lado a coruja a piar o *memento mori* reconhecido por todos que vivem na casa como sua verdadeira língua. Séria em sua pose de estátua, minha avó chama a atenção do pequeno para que fique quieto deixando uma mecha do cabelo por prender. Na pressa, a calça por sob a saia. São sete filhos, um deles, o que está à direita, será um dia o morto e, por isso mesmo, mais importante que todos os outros. Em nossa família o morto deita-se sobre o tapete da culpa que os vivos não cansam de pisar. Postos lado a lado não vemos a diferença que os separa. E mesmo que todos saibam qual a vantagem, diz-me o meu avô muito tempo depois que a morte nunca é uma questão de escolha ou de direito. Ao lado, quase não aparece a filha mais velha que um dia também terá seu filho morto. Carrega, neste momento, o irmão mais novo ao colo. Meu pai com o cabelo como franja de milho leva um gafanhoto à mão e é, já neste tempo primitivo, perdido da ordem das coisas que existem.

Minha avó sentada a esperar que meu avô se decida. Vão-se em seus pensamentos imagens da juventude marcada pelo trabalho de quem, tendo vindo de longe, precisa apressar-se a conquistar qualquer coisa, vagam sons e cores da alegria em família no pão por sovar, a casa por limpar, a infusão de erva-cidreira a ferver sobre o fogão, a paisagem de neve à janela quando meu avô chegou para conhecê-la. A vida inteira passa como num trem que nunca esteve ali. Todos dentro, mudos como armários de portas fechadas, olham para o mesmo filme, sempre as mesmas cenas em que são atores cujos olhares não representam mais do que a fuga de si mesmos. Voltam-se ao espetáculo sem festa enquanto não sabem que não há um morto apenas. Nesta tela a morte é partilhada por todos, jogo ou doença, é a joia de herança para os que ainda vivem. A esperança negativa para que não esqueçam que cada um terá sua vez. Talvez por isso, neste detalhe da composição meu pai tenha a coruja ao ombro. Ausente de tudo, ainda não sabe que deve esconder os olhos ocos.

Meu avô também não aparece aqui. Está ao lado, a contar-me histórias, a explicar-me a soberba, a avareza e a ira. Desenha um sapo com palitos de fósforo sobre a mesa onde minha avó amassa o pão. Lá fora, repito as palavras que me diz até formar frases inteiras escrevendo-as no chão nevado com um galho de árvore seco. Diz-me que um dia me contará a história da baleia, mas que ainda sou muito pequeno. Cresço sem que me conte. Minha avó traz-me um ovo choco que acaba de rachar, dentro vê-se a pulsação entre as penas úmidas do pequeno animal por nascer. Meu avô avisa-me que

Tudo o que morre um dia teve que nascer.

No caixão com olheiras fundas, os cabelos ressequidos, a pele como papel marmoreado oculta no paletó de riscado. Toco-lhe as mãos pensando na história da baleia que ficou me devendo, as articulações duras não respondem ao meu cumprimento, os dedos rijos como verdades pedem apenas aceitação, devolvo-lhe as flores secas,

Leva para a nona.

Ele não ri, não olha as horas, não acena. Beijo sua testa dando-me conta de que tudo já tinha se acabado. Atrás do fogão a lenha aquecendo-se do frio eterno que nos abriga, ele me diz enquanto espera ferver o leite que não me devo assustar, que a morte é apenas uma formalidade.

(Chego ao hotel onde dormirei por três noites fotografando a cidade e procurando o endereço da carta. Quem sabe descubro que em vez de Ahab meu avô não era Pinóquio e logo encontrarei o Gepeto que o criou? Ou foi ele quem me criou e serei eu o seu Pinóquio?

O hotel fica à beira d'água, daqui posso passar as noites documentando o movimento das embarcações, do nascer ao pôr do sol que não demora mais do que nove horas nesta época. Do outro lado do canal alguns dos palácios são iluminados com cores, dando a impressão de que há calor e alegria nas tramas e véus deste parque temático. No quarto um bar com uísque e vinhos em pequenas garrafas, sucos em caixinhas de papel e água mineral dão a segurança de que o viajante precisa, chocolates e mandorlatos sobre uma das mesas garantem freios contra problemas etílicos. Nada mais importante e, no entanto, a miséria na medida exata de que se precisa para sobreviver a uma viagem. À cabeceira uma luminária de vidro em forma de sereia a mostrar a nuca escondendo o rosto sobre as pernas dobradas é a contemporânea natureza-morta sem a qual não é possível explicar a intenção humana com a cultura. Aqui arranja-se o tempo para provar nos balcões ou para degustar à mesa. E quem quiser pode levar empacotado para viagem.

A busca de efeito a qualquer preço me faz pensar na história que li num dos guias que trouxe comigo no avião nas doze horas de frio e sono que, no meu caso, revestem-se facilmente de raiva. Dizem que esta cidade teve mais prostitutas do que homens durante um bom tempo, e hoje, sem nem pensar muito, não seriam más companhias para um homem só em uma noite fria. Sem querer resolver todos os problemas do mundo, tiro da solidão o melhor proveito, peço um sanduíche de queijo pelo telefone para diminuir o esquecimento com que me acerco de mim e durmo dando-me conta apenas ao acordar que permaneço no fuso horário de minha origem.)

9.

Flores esfriam na xícara tampada sobre a pia. Chá de margaridas para a secura da pele ou a oleosidade, já não lembro o que me diz minha tia. É com esta água de ácido perfume que ela lavará o rosto antes do passeio ao cemitério ao qual iremos pela borda do asfalto. Ligaremos os dedos mínimos evitando que suem nossas mãos. Ela me pedirá que regue as plantas dos canteiros em torno do cinamomo que escurece com sua sombra a beleza da morte nos túmulos brancos, esta harmonia perfeita entre as figuras de anjos e as lápides de pedra, a clarear a feiura da morte nas cruzes de madeira sem nome, nas flores de plástico, nos túmulos de terra. As estátuas de mármore sempre acordadas cuidarão do sono dos mortos na eternidade conhecida apenas pelas pedras.

É dezembro, ou será abril? É sempre o mesmo frio, mesmo quando faz sol. São sempre as mesmas sombras mesmo quando mudam as luzes. Levo água ao meu tio morto no túmulo onde jaz. Minha tia é quem nos conta de sua sede enquanto sinto pena do sono que se guarda sob a brancura da pedra. Seria a morte uma nuvem enrijecida? Desenho uma flor com um toco de lápis de cor azul que trago ao bolso da calça. Seria a morte uma folha em branco?

Minha tia põe um ramo de oliveira em um buraco no chão esperando que vingue para enfeitar a cidade triste. Pó em meus dedos umedecidos de um calor que sou incapaz de sentir me faz escorregar em minhas próprias sandálias.

Quem cai no chão do cemitério morre em um ano.

Diz-me a minha tia com ar de reprovação. Morro de medo de cair no chão durante estas visitas semanais. Aprendo a pisar com cuidado e firmeza. E quando é noite e temo sufocar ao dormir, lembro-me que ainda estou vivo mesmo que logo eu venha a saber que a morte anda conosco como uma força silenciosa e invisível. O alívio que sinto por estar em casa na cama quente junto de minhas irmãs acaba quando meu avô atravessa os corredores escuros chegando para dizer que meu primo morreu, que o menino não comia nada além de chocolates havia mais de um ano, que morrera de leucemia. Aos sete, como morrem os anjos. Também eu tenho sete anos e temo por meu futuro. Levanto-me da cama e ando por muitos corredores, minhas irmãs me seguem sem derramar uma lágrima enquanto eu choro escondido fingindo um acesso de tosse. Paro diante do quarto onde, na cama, a gorda mãe do menino com o rosto achatado feito as pinturas de Rubens pede para morrer. A imagem da melancolia sentada sobre uma pedra nas gravuras antigas que conheci tempos depois faz-lhe companhia. Chora por tanto tempo até encher um cantil com a água que a criança leva consigo em sua viagem ao outro mundo. É noite e pergunto às minhas irmãs se sabem quando ele caiu no cemitério. Concluo, sob o metal frio do meu cobertor, que alguém o empurrou, que a morte é desdentada e não sorri nem para seus ajudantes, ao contrário da papoula vermelha desabrochada no verão que ponho sobre seu pequeno túmulo branco.

(Um raio de sol sobre meu rosto interrompe as núpcias iniciadas há bem pouco com o sono. Devo ter dormido pouco mais de uma hora quando o dia ameaçava clarear. Nem a pomba cinzenta bicando a janela, prometendo-me uma fotografia como um sinal bizarro que tanto me agradou em outros tempos, salva meu humor. Chegando em casa, penso, recorto a cabeça da ave, ponho a cabeça de um rato e, ao redor, um coro de anjos medieval como o que vi durante o dia no museu no qual entrei à procura de um lugar para tomar café em paz, longe da turba de mortos-vivos que aparecem em dias claros querendo enganar os outros. Aqui parecem apenas turistas como eu. Fotografar pode tantas vezes ser apenas o desejo de cortar cabeças. Procuro mais uma vez a diferença que possa me salvar. São apenas turistas, mas não inofensivos. O espírito devorador que põe medo nas pombas ao mesmo tempo que se assemelha a elas está gravado em seus corpos lascivamente rígidos pelas ruas da cidade.

A realidade esconde o acesso nem tão barato ao sonho que representa uma viagem para cá. Sou duplamente vitimado. Nem bem cheguei e gostaria de fugir do que começo a ver. É efeito do que não quero ouvir, do que não quero pensar em dizer. Não é tarde para dizer que não espero encontrar dona Maria de Bastiani, justamente porque isso significaria encontrá-la na forma de um dos fantasmas que parecem transitar pelas ruas. Ou voltar a pensar no velho Gattopardo. Um dia eu teria de enfrentá-lo e saber que não era apenas uma fantasia familiar, novela criadora de neuroses e brigas intestinas. Pior do que a fantasia é a realidade capaz de esfarelar todos os sonhos, de aniquilar o sentido das queixas contra culpados que inventamos na falta de maior criatividade. Com quem terei de falar, a quem verdadeiramente deverei dirigir-me no caso de chegar ao endereço que procuro. Corro o risco de que o lugar do endereço não exista, de que a casa já não seja dela, que esteja alugada, ou o risco muito pior de que, muito, mas muito pior, de que estejam lá os descendentes desta mulher que há menos de uma semana tornou-se para mim não apenas uma questão, mas a questão a resolver. Temo que seja de fato uma tia perdida, uma destas parentas loucas que qualquer um quer evitar, ou que, muito pior, para além de todo o pior, que eu encontre parentes com os quais tenha que conversar. Pior do que a fantasia não é a realidade, mas a realização das fantasias.

Deixo para depois. Antes que o dia acabe na confusão dos fusos, ocupo-me com os poucos metros quadrados do quarto, com as paredes rachadas e descascadas que posso ver da sacada, com as ruelas ao redor, com becos feitos de centenas de janelas de tipos engendrados sem cuidado algum, com seus balcões com vasos de flores queimadas pelo frio, com a ameaça da *acqua alta* que me obrigou a comprar um par de galochas feitas no Paquistão em uma loja de coreanos. Na hora do almoço perco a fome ao ver estes camarões fritos com polenta que parecem de plástico na luz da lâmpada do restaurante em que um garçom bêbado prova da minha garrafa de vinho. Ao ver-me com a máquina a fotografar meu prato, pergunta-me irônico se sou japonês, que tudo precisa fotografar, se tenho algum problema de saúde ou uma tara. Não lhe respondo, ele se retira meneando a cabeça a dizer qualquer coisa contra seu próprio excesso e minha falta de humor.

Depois do almoço, saio a andar pelas vielas estreitas na intenção do melhor lugar onde me perder.)

10.

Tenho vergonha de dizer, mas eu gostava mesmo era da morte. Percebo cedo, logo que acordo para o mundo, que outros dele cedem. Chego na casa do vizinho com a cortina de veludo negro e cordões dourados à porta, tenho menos de quatro anos e ninguém sabe que quero ver o caixão onde deitaram o homem que ontem mesmo passou caminhando diante de nossa casa. Aproximo-me devagar, ninguém me olha, ponho-me na ponta dos pés ainda insuficientes para o ângulo que busco. Pompa de flores e velas, véus e rendas escondem-me o morto. Saio frustrado com a parca visão que alcanço.

Pouco tempo depois, é Quarta-Feira de Cinzas e estou na casa de uma velha morta, penso que o carnaval precede a morte, e que por sorte são os velhos que se vão e que as crianças são a exceção à regra. Dias depois, é Páscoa na casa de outra mulher deitada sobre uma mesa baixa para a qual tenho medo de olhar. Posso alcançá-la com minhas mãos caso queira, mas não se toca no morto dos outros. Sinto pena como das galinhas que deixaram mortas na cozinha. E que não puderam se defender.

Deixam as velhas mulheres pobres com os cabelos soltos, desfiados como de um saco de algodão por alvejar. Tenho pena e medo. A boca semiaberta, um único dente à mostra, a língua na cavidade escura como um monstro ameaçando saltar para fora da cova onde habitam todas as metafísicas apavorantes, as mãos secas como folhas no inverno são manchadas de roxo como um dia serão as de meu avô. Como um dia serão as de minha tia.

Meço a beleza em dobras, penso que a morte é um arranjo entre o liso e o drapeado. Sonho no meio da noite com covas abertas, caveiras desdentadas, acordo com um tremor no corpo, a espinha enregelada, um atrito em meus olhos como mandíbulas no frio define que na vida tudo é sempre tarde demais. E as noites são frias como os dias mesmo quando no verão ninguém me chama para casa. Chamo meu irmão querendo saber se está acordado, ele não responde, digo o nome de minhas irmãs temendo não ouvir nada. Não ouço se me dizem algo, pois que, como eu, têm medo do que se esconde no escuro. A resposta sobre si mesmo que se tornará inevitável daqui a bem pouco. Só meu avô ri, com olhos fixos em si mesmos, me diz

Morri.

É um dia frio em que é preciso quebrar poças de vidro. Rompo o gelo com uma pedra que trago ao bolso. Vejo meu rosto enrugado na água revelada no fundo da fina película. Concentro-me na profundidade transparente do líquido sabendo que tudo é soberania do tempo, o mistério da justiça que a todos sentencia de morte. Abrem-se janelas que não posso mais fechar. Meu avô me dá a mão para entrar em um barco a vapor, penso estar sonhando, quando ouço que

A natureza das coisas é a mesma que a do sonho.

Descubro uma verdade única, finalmente maior do que a morte, que o tempo, não sendo mais do que a aparência do que um dia acreditamos, se deve beber em goles pequenos para lavar as paredes da casa.

(Pago um preço elevado a um homem do Cabo Verde por este mapa detalhado da cidade. No hotel deram-me um *piano* dos pontos turísticos, dos ancoradouros dos vaporettos e das principais ruas, como a convencer cada hóspede que aqui chega a não ser mais que um turista, a evitar ser o explorador que venha a conhecer o lugar onde está naquilo que dele não está para ser visto.

Vale o tempo de ocupar meu colega de língua e ouvir outro sotaque, uma outra fala para a palavra que partilhamos de lados opostos do oceano por onde um dia nossos povos se encontraram. Complicado dizer isso, quando aqui, na condição de turista, sou também cidadão de um país onde o último ancestral a nascer foi meu avô e ele era adotivo. Complicado dizer que nossos povos se encontraram se no Brasil os africanos foram escravizados e os italianos tornaram-se colonos tratados como estrangeiros exploradores. Consola-me pensar que o que tivemos em comum é um passado de exploração e que dizer pobre-coitado não nos ofende a nenhum de nós. É este mapa que me levará ao endereço do qual me aproximo hora após hora, por isso devo olhá-lo discretamente evitando colocar meu olho na exata rua para onde devo dirigir-me. Seria como um sortilégio do qual devo fugir com a proteção da superstição ou da mania obsessiva, tanto faz.

Pergunto ao meu novo amigo sobre as condições da vida por aqui, se é melhor do que viver em seu país, ele me explica sorrindo que este é seu país, embora não corresponda em seu fenótipo ao que se espera de um italiano, diz-me ser cidadão, que o pai foi-se daqui ao Cabo Verde trabalhar como engenheiro e que não quis reconhecê-lo ao voltar, que está autorizado pela justiça a viver em qualquer parte do país desde o resultado positivo de um exame de paternidade pelo qual ele e a mãe pagaram muito caro. O pai que vive em Roma não quer saber dele, mas ele espera estudar e ter um emprego, o que o faz crer que o pai não lhe fará falta, como não lhe faz falta a África, só o que lhe faz falta é a mãe. que cozinhava muito bem e que está a morrer de alguma febre desconhecida, motivo pelo qual ele terá de juntar rapidamente um dinheiro e ir vê-la. Peço-lhe antes de despedir-me dando-lhe o endereço do meu hotel e pedindo-lhe que não deixe de me avisar antes de ir, para fotografá-lo ele diz que o fará de bom grado, até uma pose de turista, ou de amigo de infância, que podemos aparecer juntos desde que sem as muambas, porque podem lhe trazer problemas estas cópias perfeitas de bolsas L. V. que traz consigo, diz-me com seu sotaque ainda mais perfeito que as bolsas que *di problemmi sono pienno*, para enveredar logo depois na língua crioula que me faz acordar para a diferença que nos une.

Fazemos a foto, apareço com os olhos meio fechados pra variar, peço-lhe então que me indique no mapa onde ele mesmo mora, ele sorri dizendo-me que posso ir com ele para a África, e que, para poder viajar e ver a mãe, desalugou o apartamentinho no qual vivia e está a morar dentro de uma igreja num bairro afastado, numa ilha com nome de santo, se sou católico vou entender, que, por vergonha, não me dirá onde fica.)

11.

Sobre a cama no hospital canos e sondas confundem boca e nariz daquela que, estranhamente viva, respira entre gosmas rosadas a enganar o vetor cinzento dos fatos. Só quem não sabe a diferença entre a vida e a vida quer aumentar seu sofrimento. Prometo-me, pensando nos meus poucos sete anos, que um dia morrerei em casa dono de minha própria morte.

De costas para a janela, a cadeira de falso couro esverdeado acolhe um tempo de espera ao lado de uma estufa elétrica. O interruptor de luz para chamar a enfermeira na sala ao lado diz-me que a vida é coisa que se mede em instantes. À mesa um prato de sopa sob a tampa de alumínio para quem for dormir no hospital. Uma cenoura boia no caldo de arroz servido à boa vontade de quem velar a doença, biscoitos de água e sal embalados em plástico salvarão o herói das próximas horas. Lençóis brancos surrados, marcas do uso e do cloro da limpeza, lâmpada amarela na luminária de chão, um jarro com água, conforto medido com miserável exatidão. A luz perturba o frio no qual se mimetiza o corpo adoecido. O pente usado pelas auxiliares da enfermaria tem ainda os fios de cabelos que se desprendem da cabeça encalvecida de minha avó. A úlcera da perna fermenta o sem sentido de todas as coisas. Rugas na cortina plastificada acenam para o rosto informando que tudo são carquilhas do tempo milimetricamente organizado na direção do fim.

O tempo, o que amplia as feridas, dá peso à cena amortecida pelo tom dramático do sépia. A cor é um efeito da duração. Ou um resto da ferida. Minha tia limpa a boca ressequida da mãe com água boricada, o médico procura nos bolsos sem saber onde deixou o que teria a dizer, a enfermeira perdida entre padrões aprendidos nunca pensou em cuidar de si mesma. Não olha para o mundo que a circunda. Minha tia desenrola a gaze, o médico procura exames sobre a mesa onde alguém deixou uma palma amarela dentro de um vaso transparente. Minha tia alisa a ferida na perna de minha avó com o cataplasma branco como a pasta que se usa nos dentes construindo a metáfora de que a ferida é uma boca e a boca é uma ferida. Lento é o trabalho de conservação destes restos corporais. Vestígios de vida transitando para a morte. Descansa no copo a dentadura confirmando que nada mais importa. Saberei daqui para a frente o que antes estava oculto: a memória nunca é maior que a dor, a memória é feita de dor e nela está contida.

Nada há para dizer, senão que a morte segura abertos os olhos de minha avó, estas bolas de gude mescladas de azul e cinza, pelo de gato vitrificado com que Deus brinca agora, inconsciente de sua própria ingenuidade. Ou será mau este Deus que nos observa esperando o fim da vida? Como o vazado concerne potencialmente ao olho, tudo que está fora vem morar dentro do que ela poderia pensar agora, tudo que está dentro eviscera-se para caber o resto no lugar nenhum das coisas acontecidas.

A gaze enrola-se na perna como se minha tia não estivesse presente no procedimento que ela mesma realiza, o médico olha a moribunda nos seus olhos de fundura e pasmo, minha tia entra no túnel falando dos gatos que nasceram atrás do fogão, que meu avô tem febre desde ontem e que deve ser saudades suas, mesmo que seja apenas fingimento. Minha avó, sem saber o que é dor, enrola a língua e emite um som abafado pelo plástico dos tubos. Sei o que vê no prisma arredondado do vidro que lhe forja os olhos, mas não posso falar. Uma palavra de letras enrugadas antepõe-se ao som fazendo dos lábios uma espécie de máscara. Vozes atropelam-se atravessando as dobras da doença. O que mata é o tempo de vida malvivida, pensa o médico tonto com o cheiro do pus. Eu apenas presto atenção ao ritmo da respiração antes de chorar de dó. Já aprendi que um homem não chora e nesta hora sinto uma felicidade estranha de ser menos homem.

A pálpebra caída num róseo distraído, o prato de sopa ao lado, um halo de gordura mole reunindo-se no meio do líquido, o sol ralo pela janela não consegue conter a tristeza do amortecimento do corpo quando, preparado para morrer, é controlado para que viva. Meu tio morto caminha de um lado para o outro do quarto, chuta a porta do banheiro, abre o guarda-roupa, afaga o pé da mãe que sobrou sem feridas, do fundo do túnel minha tia diz ao médico das dores nas articulações, mostra-lhe as mãos inchadas pela artrite, explica que o reumatismo é de família. Olho a úlcera com a gaze pela metade, a boca semiaberta de minha avó, a varicosa do alto do joelho à virilha medindo uma tripa daquelas que se incham para fazer salame, vejo a perna com a artéria protuberante dentro da qual se pode colocar um porco inteiro desde que esteja morto, ou uma galinha desde que acéfala como a que minha tia deixou sobre a pia na noite anterior temperada com alho e sal, vejo porque só me resta ver, é o prenúncio da minha própria doença, a atenção mórbida que me há de matar, vejo e tudo o que vejo na desmedida da distância é que o porco tem o mesmo destino das galinhas, e minha avó terá o mesmo destino de ambos, sendo apenas por isso que dirá o que só eu entenderei

Minha perna me pesa. Me leva para casa.

Sem que ninguém ouça o chiado fino que escorre pelo incurável corpo canceroso do prédio cujos muros forrados de musgo abrigam o hospital, sem que ninguém perceba quão áspero é o caminho que leva do centro aos arrabaldes, ignorantes da estreita ruela que leva da vida à morte, é que minha avó pede para voltar. As plantas precisam de água, os bem-te-vis abandonaram o jardim, os pardaizinhos que roubam milho aos pintos devem ser enxotados com as mãos que sacodem o avental. Ninguém sabe que é preciso atender quem está vivo, que perceber a si mesmo é a questão, que o orgulho da medicina não vale a paz da cabeça repousando no próprio travesseiro cansada de um dia vivido na própria casa onde se é sempre um prisioneiro livre, onde a estranheza inquietante não é mais que o ar morno de uma manhã silenciosa antes que os outros tenham acordado. Quem saberá que a sobrevivência é mera aposta entre a esperança da vida e a esperança da morte? Que a vida é poder estar em casa, mesmo que seja para morrer? Que vida e morte não são mais que potências a reger a ferida da existência que iludidos tentam curar? Quem saberá que o coração é apenas a ferida que não se fecha por dentro?

Minha avó sobre a cama sabe que as mães conhecem como animais prontos ao abate o destino na forma de um resumo, o do grande silêncio do qual cada um é feito apesar da loquacidade arrulhosa das galinhas fartando-se em seu avental a abrir-se cheio de milho e ramos de alecrim depois de ter dividido o bolo do sol em nacos generosos.

* * *

Minha avó quando morreu ainda era moça, embora estivesse velha e cansada, pronta a embalsamar-se desde que a vi pela primeira vez. Vejo-a a colher com as mãos as borboletas no jardim para alegrar os olhos da filha que agora corta, tendo este lenço na cabeça e um avental xadrez, os galhos do cinamomo da esquerda que secara havia poucos meses, enquanto pensa cortar os cachos que um dia foram dourados na cabeça de minha avó. Ao lado, meu tio ainda vivo recebe sobre os cabelos fartos a sombra do cinamomo à direita. Em seu caule incrustam a pequena capela de Santa Teresinha para a qual teremos que rezar até que morra também a árvore como um dia morreu a minha avó que agora anda pela rua com o pé enfaixado a vagar de uma casa à outra. O chão de pó a encardir a gaze, ela a dizer

Vou morrer antes que derreta a geada.

Meu avô ao lado, cheio de penas de galinha na roupa, a ouvi-la dizer a queixa. A esperar um aviso. A tristeza endurece a pele na indiferença entre a dor e a morte, é o que me diz o silêncio que esconde entre os dedos enquanto limpa a vidraça com água morna derretendo o gelo para que eu possa olhar para a rua. Mas só consigo olhar para dentro.

* * *

A pele de minha avó quando moça é lisa como a que terá um dia deitada em seu caixão. A vida é certamente uma espécie de morte. Chama os meninos para o almoço depois que todos reunidos fizeram o macarrão, que os envelopes de agnolini foram fechados no conjunto harmonioso de tantas mãos sobre a grossa mesa de madeira. Colhe peras nos fundos do terreno para dentro do avental cinzento ou está atrás do galpão entre os copos-de-leite que florescem o ano todo no charco. Com os pés gelados nos tamancos de madeira, ela coleta figos para o tacho de cobre, derrete açúcar no fogo aberto, ou recolhe os ovos espalhados por todo o espaço da casa, do quintal, do jardim. Com as calças sob as saias e os sete filhos nas costas contando o morto a caminhar dentro de casa de um lado para o outro, de quarto em quarto chamando os irmãos mais novos que não o ouvem, ela põe a mão no bolso, um terço de contas escuras junta-se a um punhado de feijões pretos recolhidos no caminho. Há brancos e sarapintados, ou são os olhos de bola de gude às mãos como Santa Luzia.

Nos braços copos-de-leite derramam resina no avental. Ou são ramos de malva para o chá dos meninos adoentados como meu pai que escorregou do telhado da casa, batendo a cabeça na pedra. Desacordado, sonha que está sozinho em um barco sem remo e que o que existe do mundo é apenas água. Pondo-lhe vinagre sob o nariz, minha avó massageia seus pulsos de manhã com sal e hortelã, belisca os dedos dos pés dizendo

Nossa Senhora, acorda este menino.

* * *

Meu pai de longe já em pé, sempre colado ao meu avô porque ninguém pode viver sem sombra, a sombra do meu pai dependendo do sol, e eu, sete anos, talvez seis, pensando como seria possível que minha avó tivesse parido uma sombra, se era por isso que ele fugira para o topo da casa, se era por isso que fora embora, deixando-nos sós entre as ervas daninhas do jardim. Minha avó com a água a escorrer dos seus olhos para o rio no qual ninguém se banha duas vezes, a dizer-me com os braços cheios de copos-de-leite

Me dói o coração. Põe num vaso.

Eu, descrendo das coisas, entendo a partir daqui que é preciso procurar as razões óticas que regem a vida.

* * *

São cinco da tarde, o sol não se abrirá como a fruta da coragem, tudo são nuvens cinzentas como após a combustão do mundo. O dia ficou por construir-se. A caixa da lenha está vazia, meu avô sai para buscar lenha. É a primeira vez que fico sozinho dentro de casa. É a hora em que descubro um desejo perigoso. A máquina de fotografar do meu tio morto. Desejo porque vejo, e o que vejo não é vitrine ou cena de teatro, é o quadro em seu silêncio de sepulcro que retornará como cenário do qual não poderei fugir. Minha avó na cozinha despoja o colo de flores e frutas como a heroína de um quadro de Vermeer, despeja o leite da jarra de metal descascado, o gato atrevido bebe o branco tintoso no prato sobre a mesa. A ferida na perna está por nascer, os olhos pesam como o coração, ao lado o fogão sempre apagado sob o varal cheio de salames empesta de um cheiro temperado a casa vazia, o vidro sujo de fuligem deixa entrar um fio de luz pela janela que emoldura o frio do inverno infindável. Meu tio morto parado na porta do quarto espera o movimento, roupas molhadas no varal sobre o fogão junto ao queijo recém-feito confundem o sentido das coisas. Minha avó põe gravetos e papelão de um caixote onde transportavam o azeite no oco do fogão, procura fósforos na caixa vazia. Gestos e movimentos envolvem-se na geada a entrar cortante pelas fendas da madeira. Não há fendas, e o frio não é mais do que a fantasmagoria que me retém inteiro como as paredes desta casa.

* * *

Minha avó é moça para ser uma avó morta. O tempo antecipou-se comendo-lhe as partes essenciais do corpo. Descubro assim que nem todos os quadros inspirariam um pintor. Que a vida que serve de modelo não passa do que sob uma câmera escura de qualidade duvidosa é efeito do desentendimento. O mesmo que salva enquanto mata. Resta que, entre a vida e a morte, não há mais do que um botão a acionar.

Dores misturam-se na cornucópia do avental que tem nos braços avisando sobre o sentido da vida no romance em que os tempos justapostos surgem como brancas folhas de papel nas quais é impossível escrever.

Por isso, fotografo.

Permaneço pronto a fechar o sono alheio dentro de uma caixa de vidro em que a transparência da dor é apenas ocultamento de algo não vivido.

(Não sou católico e não entendo da fé além da comentada bondade dos santos da qual tanto gostava a minha avó católica apostólica romana, mas procuro as ilhas no mapa. São poucas e não tenho dificuldade em adivinhar. Sendo São Pedro o padroeiro do lugar onde nasci, dirijo-me a uma ilha de mesmo nome para testar o poder da coincidência. A igreja é como todas as outras, apenas que, oculta sob um de seus altares menores como este, está uma sacola dentro da qual se vê um cobertor. Nestas horas não se trata de acaso, não posso deixar de pensar, a vida está toda unida por significações profundas que, de vez em quando, sobem à superfície sem por que, como peixes que precisam de ar puro emergindo de águas poluídas. Tenho vontade de falar com o pároco local sob o pretexto de fotografar a igreja, ele me recebe com a simpatia de um Baco, oferece-me na sacristia um bicchiere de vino como marca de hospitalidade. Não seria elegante rejeitar, mas evito beber, desconfiado com a generosidade de um clérigo.

Conto-lhe que venho do Brasil, que tenho interesse em fotografar sua igreja, à qual acrescento o adjetivo belíssima exagerando um pouco para torná-lo acessível, dizendo de suas características peculiares das mais fotogênicas, que interessarão muito ao meu país natal, que faço fotos, mas já desejei ser pintor. O homem gordo olha-me com seriedade de alguém que tem algo mais a dizer, não é porque sou padre e vivo neste país comandado pela religião que deixei de ser verdadeiramente cristão, surpreendo-me com estes pensamentos, não entendo bem o que quer dizer até porque não o diz, é apenas a imaginação que me vem enquanto busco um lugar onde depositar os olhos na vasta construção. Efeitos da insônia, fico quieto temendo pensar demais. Envergonho-me diante de sua barba ruiva ao não saber por onde começar quando ele me pergunta se não tenho interesse em algo mais do que estética, se não preferiria fotografar algo mais real do que a velha casa que não é de Deus, pois Deus que é Deus não faz especulação imobiliária, que a casa só pode ser dos homens, mas não sendo de um homem em particular, nem da própria Igreja, que faz voto de pobreza, só poderia restar, por lógica, a ser dos pobres, daqueles que dela precisam, quando precisem, e me estende a mão oferecendo o pequeno altar onde está a sacola com o cobertor e, ao lado, a porta da sacristia, onde segundo ele há um arquivo embolorado e precisando de salvação, diz-me baixinho que vai à torre, que são seis horas e é preciso que alguém se ocupe de soar o sino avisando aos que se perderam que há um tempo que a todos reúne. Não entendo o que quer que eu faça ou se simplesmente busca testemunhas para o estado deplorável dos arquivos de batismo dos fiéis.

* * *

O padre, na verdade um frei franciscano bem diferente do bispo que se vê no cartaz da entrada avisando o horário das missas, acena diante da fachada da igreja enquanto me dirijo para longe. Esvoaçam suas vestes sagradas na direção do vento que verga os ciprestes ao redor da igreja e move as nuvens para o fim do mundo. A longa barba vermelha não se move, como se fosse feita do vidro cuidadosamente soprado nas ilhas próximas.

A máquina de fotografar é da maior serventia quando da inexistência de fotocopiadora. Sempre me queixo das novas tecnologias, mas não me parece ruim clarear as folhas do livro de batismo do ano de 1902 que o frei gentilmente cedeu-me sem perguntar nada.)

12.

Hoje é dia de Nossa Senhora dos Navegantes. Ontem nascia há oitenta e tantos anos meu tio morto de quem eu teria um retrato sem sorriso se não fosse perdido na demolição que aos poucos se conclui. Era dele a máquina de fotografar vinda de Caxias do Sul dentro de uma caixa azul na qual se guardou depois o crucifixo de prata e que foi posto na cristaleira longe do alcance das crianças. O preço de um caminhão faz meu pai irritado perguntar *quanto*, é a única vez que se ouve sua voz. Meu avô não entende o silêncio da sombra, nem se deslumbra com o feito sonoro.

A câmera sofisticada, capa de couro, fecho de metal. Pela lente grossa tento ver o outro lado enquanto do lado de cá, botões me confundem junto da inscrição Leica. Números que me parecem desencontrados entre o enigmático *35 mm*. Uma portinhola que abre para caber um filme de 36 poses. São as únicas fotos de nossa família, as das paredes desertas.

Tenho sete anos, não vou à escola, mas ensino a minhas irmãs menores as lições de aritmética e as letras que aprendi com meu irmão. Ele vai à escola para não se tornar sombra, é o que penso quando tento entender por que tenho que ficar em casa. Entro na sala da cristaleira sob a desculpa de que vou ler um pouco em um lugar quieto, que o tampo lustroso da mesa me ajuda a entender melhor as letras, que é bom para desenhar. Subo na cadeira e pego a máquina. Levo-a sob a camisa amarelada que herdei de um primo sem rosto. Meu avô pergunta quem está na sala, respondo-lhe "ninguém" querendo ser astucioso como o Ulisses que conhecerei muito depois.

Enterro a máquina sob o pé de nêsperas onde meu avô punha as coisas mortas. Deixo a caixa na cristaleira com o fito metódico de enganar a todos. Tenho um segredo e, por isso, poderei um dia tornar-me rico, aventureiro, viajante, marinheiro. Dias depois meu tio derruba a porta, arranca gavetas, quebra copos a procurá-la. De olhos injetados, passa de um quarto para o outro. Sob uma das camas finjo dormir esperando que se vá. Ele sabe onde estou, como todos sabem, sabe também a dependência que tem de mim, que levo a água fresca onde o deitaram por anos e que demorará muito tempo até que mudem seu corpo para o jazigo da família. Eu, que penso morrer no ano que vem, vejo meus direitos de moribundo ainda mais sérios que os direitos de um morto. Não lhe digo que fui eu a roubar a máquina, tenho já a minha astúcia, temo a reação de um homem que não vive. Não desfaço minha única curiosidade perguntando por que nunca usou a máquina. Melhor que fique sentado no sofá da varanda enrolando o fumo para o cigarro que dará a meu pai, menino de cabelos amarelos e calças curtas escondido sob o parapeito da janela.

Tenho sete anos, serão seis? Nada me é revelado. Muito menos quem eu sou. É hora de secar o rosto e abraçar minha avó que morre a esperar meu tio morto. É ele quem a mata de cansaço. Ou será desespero, ou será tristeza? São perguntas que me faço sabendo que nunca aprenderei o nome correto dos afetos.

Neste instante, parada como uma heroína de pintura flamenca que decidisse respirar, diante da mesa na sala da cristaleira ela guarda a foto do filho na moldura de ferro. O queixo levemente pronunciado, os olhos delicados e tranquilos fitam o morto dizendo

Janela de silêncio.

Descubro que o silêncio é algo que se ouve. Mais que um motivo poético é a fonte da qual se nutre a falta de sentido e seu contrário.

* * *

Entre estas janelas fechadas, os muros destituídos de função, medito sobre o motivo real que me traz de volta às ruínas. Porque os verdadeiros motivos me parecem sempre ocultos, coisas que devem ser reveladas contra o absurdo do branco que me retira daqui e que posso reconhecer apenas porque presto atenção em manchas, em fraturas, em descascamentos. As fotografias são esta morte que se pode guardar: imagens que apagam a vida enquanto a preservam. Pois o que seria a morte além de algo que se guarda condenado ao desuso? Procuro as fotografias que existem apenas na dúvida esperançosa a nutrir o impossível com que ainda consigo pensar. É então que me dou conta de que preciso regar as plantas. Ligo a torneira do jardim, cortaram o fornecimento de água. Resta-me tentar o poço.

Quando percebo, ainda dou de beber aos mortos.

* * *

Por sete anos levo água da torneira do cemitério ao meu tio morto de sede nos verões escaldantes, enquanto meu pai, amparando-se nos movimentos de meu avô para existir, procura água para termos em casa nos buracos barrentos. Cava o poço buscando nas profundezas do inferno. Carros de pedregulhos saem de dentro do oco cuja pedra escura será um dia parede coberta de limo verde. Girinos como bexigas de látex saltam da pá enlameada. Do antro de sapos meu pai fará surgir, com o balde de alumínio torto, a limpa água de nosso sustento, da infusão do funcho, com que cozinharemos as batatas e lavaremos o rosto no frio das manhãs de cada dia. Meu tio morto quando ainda não era morto ajuda-o a singrar a pedra, a transportar as ferramentas.

Menino, bebe com meu pai um copo de vinho na cozinha escondido de meu avô. Fuma um cigarro enquanto meu pai desaparece em meio à fumaça.

No canto, à direita, minha tia costura a boca de um sapo

O que fazes, menina?
Prendo o tempo.

E não tendo mais nada a dizer escorre para dentro de si mesmo como uma imagem que finalmente encontra um espelho podendo então apagar-se para sempre.

(Despreocupo-me em voltar ao hotel desde que todos os tipos humanos e todas as línguas desfilam tão ingênuos como crianças diante de minhas lentes indiscretas. Tenho nesta praça a solidão de que preciso. É noite, deve ser Natal ou Ano-novo, percebo pelas luzes e pela alegria dos jovens abrindo suas garrafas de prosecco. Gosto dos gritos de alegria sem sentido. Há tempos que me afasto destas datas, dos calendários e das notícias de jornal que poderiam revelá-las. Mantenho apenas o relógio de pulso que me avisa que a vida se passa de minuto em minuto. E que uma hora não é mais que o conjunto do tempo acumulado como capital morto. O que há de mais óbvio é o que mais me contenta quando penso no tempo: um dia solar seguido de uma noite escura.

Aglomeram-se centenas, ou serão milhares, de pessoas neste átrio cuja única atração verdadeira são os pobres pombos. E eles não estão aqui. À noite, os animais que enfeitam a miséria espiritual com a miséria material fazem algo melhor do que catar milho e agradar a turistas. Idênticos entre si, ambos perderam o senso do nojo e se misturam como espécies genéricas apenas separadas pelo estrondo dos fogos de artifício.)

13.

Minha tia nascendo anos depois daquele dia de Nossa Senhora dos Navegantes que era proibido esquecer. Meu tio morto leva-a na garupa das costas, empilha com ela pedrinhas para fazer um castelo, ajuda-a com os gravetos da arapuca, traz-lhe lápis de cor de Caxias do Sul no tempo em que dirige o caminhão, afaga ao seu lado os gatos recém-nascidos confirmando a natureza primordial dos afetos sinceros. Carregando-a ao colo brinca de ser cavalo, rinoceronte, girafa, dá-lhe um sorvete de nata na lancheria da praça. Passeando no centro da cidade, compra-lhe balas e um ingresso para ver Charles Chaplin.

No desfile do carnaval no clube, dizendo que bonito era seu vestido de estampa azul, que pena o inverno que a impede de usá-lo. Minha tia costura-lhe a gola da camisa, prega-lhe os botões caídos, lustra seus sapatos pretos, preenche com macela o envelope de pano sob o travesseiro, abre o armário com a máquina de costura, medindo as alturas e larguras para a camisa branca e o terno bege enquanto ele, de olhar perdido na direção contrária à casa, não sabe o que virá. O olhar igualmente perdido de minha tia ao tê-lo em mira sem que possa fazer nada, fingindo que não o vê enquanto ele mesmo evita o que ninguém quer ver, todos cegos desde aquela época. Como até hoje, quando também estão mortos e nada esperam.

A máquina de costura com a manivela emperrada. Minha tia lendo um livro cujo título não consigo decifrar. O minuano assobiando pelas frestas. Chamam minuano ao que meu avô conhece como siroco. Uma telha espatifando no chão, as galinhas fugindo, a agulha quebrada ao movimento dos pontos, o livro fechado à cabeceira, minha tia a falar como nos filmes para espantar a realidade, a realidade desfiando um carretel de linha apodrecida, a mesma que me chamava com as forças de um grito de nascimento e da qual tenho que fugir mesmo sabendo que mais cedo ou mais tarde estarei de volta em sua camisa de força. Minha tia me olha como nos dias em que se recebem visitas dizendo-me

A morte quando grita chama cada um pelo nome.

Minha avó vagando pelos corredores da casa na velocidade das coisas que não existem mais, entrando na história pela porta de um lugar do qual não se volta. Minha tia a olhar as rachaduras do sol na terra do jardim, as plantas secas há dias, o portão do éden fechado, o sapo com a boca costurada desidratado ao pé do cinamomo, a avó esperando a hora de preparar as refeições, minha tia preferindo conversar com os mortos, meu tio morto enfurecido procurando nas gavetas a máquina que escondi.

Eu, menos de sete anos, no galho do cinamomo, temo acidentar-me ao tentar descer, gritando meu pânico, ouvindo o trinado de um pássaro tão desajeitado quanto eu. Os primos sem dentes rindo com o colar de cravos-de-defunto à mão, minha avó a dizer-me

Vou morrer.

Sobre a árvore, as paredes roncando, um apito vindo da fresta como se a alma nascesse das sementes caídas das árvores, as hortênsias escondendo os narcisos, o portão do jardim emperrado, meu tio morto procurando o tempo perdido nas gavetas.

As gavetas, diante de mim, agora, totalmente abertas como uma garrafa sem rolha em que um diabo insiste em viver apesar da liberdade com que foi premiado.

* * *

O miado de fundo é da gata brasina aquecendo-se atrás do fogão. A janela com seis vidros dispostos num retângulo a iluminar o quadro da cozinha que um dia eu fotografaria se tivesse da vida algo mais que a medida matemática do tempo. Meu pai de chapéu na sombra de meu avô olha através da vidraça enquanto meu avô acende um cigarro e, mãos grossas de trabalho e frio, avisa-me que a vida é provisória.

(Tenho ainda dois dias antes que parta meu avião para o Brasil. Três dias entre vir e voltar é pouco tempo para o que tenho a fazer. Dormindo mal como estou, a noite além do cenário onirokitsch, que circundou o meu dia confundindo quadro e moldura, dá-me a sensação de que estou num sonho. A fantasmagoria é o elemento local, vem com o aroma do vinho, a espuma do leite, o estranho cheiro das algas geladas e a sensação de algo familiar. Se a questão é alucinar, relaxe e aproveite, é o que diria um psiquiatra vanguardista nestes tempos ilusionistas vendo-me sem dormir num cenário de sonho procurando por algo de que tento ao mesmo tempo fugir. Delírio. Tendo isso em mente, não vou esquentar a cabeça com o fato de que desde que acordei e saí a andar pela cidade estou como um São Pietro Mártir com uma espécie de faca atravessada na cabeça de cuja ferida não flui sangue, mas areia. Terei virado pedra ao olhar para trás? Deveria interromper minha aventura para neste momento recolher meu próprio pó?)

14.

Minha avó quando moça ainda está aqui. Há muito tempo desistiu de imaginar. Em lugar da fantasia a barriga sempre pronta a mais um filho. Um deles sobe-lhe às costas, despenteia-lhe os cabelos finos, é meu pai ou o irmão mais novo, não se pode saber. Agachada, põe roupas de molho na bacia de cobre, tem outro filho no pensamento, o que nasceu primeiro e já se foi embora anos atrás, ganhar a vida, amar outra mulher em um lugar distante, é o mais alto de todos, o mais bonito, não voltará nunca mais e morrerá bem velho. Ela chora sem saber por que, saudade é coisa que não se assume quando se tem em redor as crianças, o marido e os gatos, e como as fotografias é coisa de quem tem pouco a fazer.

A gata com pelagem de casco de tartaruga permanece atrás do fogão pronta a parir. Com ela, e com a porca, assim como a vaca e a cadela em redor da casa com seus ventres igualmente cheios de filhos, tem em comum o anonimato, a busca de um ninho, vale dizer todo o destino. A diferença é que para a fêmea humana há a parteira.

Eis que dona Onesta vem com seus cavalos do outro mundo atravessando a geada que enrijece umidamente toda a natureza, a ajudar com o parto dentro de casa. Fora, a natureza encontra suas próprias soluções, sangue e leite contra o frio de cada dia. Dona Onesta chamada a qualquer hora, sempre pronta a atender, carrega tesouras, gazes, faixas, fios, agulhas, álcool, vaselina, mercúrio, mertiolate, seringas, luvas, a cruz, a imagem da Nossa Senhora do Bom Parto com a oração escrita se for preciso que alguém por perto venha rezar junto, o fórceps, a toalha de algodão. Pede água quente e fogo para desinfetar os instrumentos. Uma bolsa branca dentro de outra de couro marrom. Envolta em cetim branco, a mortalha pequena de linho que poupará as dores de um protocolo sempre possível. Dona Onesta põe os óculos, não vê minha avó com os cabelos loiros colados à testa, não vê quem está a dar à luz. Na cabeça de dona Onesta os cabelos espessos de fios brancos presos numa trança tão imensa como os cordões umbilicais que costuma cortar, séria como um padre a rezar missa, concentra-se em seus próprios métodos. A saia comprida abaixo do joelho, as meias de seda da cor da pele nos pés grandes em sapatos cuja cor não se pode distinguir, são mocassins como os de homens, ou são botinhas, não se pode saber. O avental branco manchado com respingos de sangue, ou será mercúrio? Mãos enluvadas, quieta como um porteiro que espera a vez de cada um, sem dizer uma palavra que não seja

Deus abençoe.
É menino.

Ou,
É menina.

Minha avó a experimentar as mesmas dores, meu avô na varanda da direita olhando mais uma vez o céu escuro, a contar estrelas em torno de uma lua malformada, a água fervendo sobre o fogão de lenha, dona Onesta a tomar café num copo, dispensando as xícaras de porcelana por simples desapego, minha avó segurando o grito, meu tio morto quando ainda vivo a jogar trilha sozinho à mesa da cozinha, meu pai dentro do berço dormindo antes de virar sombra, minha avó num gemido fundo, meu tio morto ainda vivo a tapar os ouvidos com as mãos velozes de menino acostumado a caçar passarinho, meu avô meditando no nada na sua língua sem que ninguém o entenda, meu pai ressonando no berço com uma camisa de algodão que se usava para vestir os anjos em dias de procissão, meu avô a rezar um Padre-Nosso no escuro da sala quieto como um relógio parado, minha avó a sentir dores cada vez mais intensas, a barriga cada vez mais dura, as dores aproximando o que se diz da vida do que a vida é nela mesma, minha avó encharcada de ingenuidade a perguntar

Vai nascer?

Dona Onesta a responder

o que entrou deve sair.

Um copo de água à cabeceira. Dentro a vela a boiar, minha avó forçando os ossos entre o destino e seu arrependimento, dona Onesta ciciando como um passarinho, fechando a janela para evitar o sereno sobre aquele que vai chegar, a dor desacomodando a dor, a carne como uma expressão do espírito, firma as mãos sobre o ventre forte e duro, olha para minha avó a exigir força, surge a cabecinha preta no oco dentre as pernas, avoluma-se, irrompe o frágil animal cheio de força, dona Onesta segura os joelhos pra fora, emerge o gemido e a carne acabando com o ar, o cansaço remove-se com um suspiro, longe o uivo de um cão, o ser semelhante a um rato jorra por inteiro vindo parar na mão da dona Onesta que, limpando o pequeno nariz do muco amniótico que o protege tornando-se desnecessário em segundos, abre a boca como quem investiga o funcionamento de um objeto pelo orifício, minha avó a fingir que já não dói, com a cabeça para trás alivia pelo menos os ombros do que acaba de sofrer, esforça-se a fechar os lábios, acolhe o próprio corpo em si sem mover-se, segura o rombo do acontecido na força das narinas, o animal humano em seu primeiro uivo não é mais que um chumaço de cabelos pretos que precisa da violência de um parto para acordar na vida, dona Onesta a limpar com um pano úmido o líquido grosso dos ouvidos no mínimo corpo que veio a ser, a cortar o fio que o liga ao corpo de sua mãe, a limpar o sangue que empapa o cabelo, a pele enrugada no roxo das petúnias, as mãos crispadas do pequeno ser que vem ao mundo abrindo-se a pedir socorro, a pedir amparo, a pedir perdão, a pedir para morrer.

A súplica do que é parido é como o uivo do cão lá fora virando choro de criança a explicar que quando se nasce ninguém é criança, é somente a carne a retornar de um exílio. Dona Onesta envolvendo o animalzinho de pele quente em alvíssimo pano de algodão macio.

Rompido o fio que liga a dor à dor, minha avó ainda moça mal segura ao colo o pequeno animalzinho que um dia chamará de filha, cabendo-lhe entre os seios inchados do que será em minutos o colostro com que se descobre a ordem a que se pertence, o olhar de rio vertendo, a cama inteira contra a geada sobre todas as coisas, a dona Onesta com a mão sobre a testa da minha avó a mostrar-lhe o que

Não tem mais de um palmo.

Meu avô à porta a morrer de frio, lilás de lâmpada nos olhos de sobrancelhas estáticas, escuras como um pensamento mórbido, minha avó a sorrir com a dor que não passa surgindo do fundo do ventre. Povoa-se o mundo sem chance de escolha, meu avô chegando perto antes que tivesse sua sombra, pegando na mão o chumaço de cabelos que chora agora como um gato enrolado em algodão macio. Mostra-o à minha avó, a dizer que

Não tem mais de um palmo.

Somente então se percebe que o que chamamos ser é o que não cessa de se repetir, que minutos, horas e dias são correspondências, fórmulas de sonho, enviesamentos do destino, confirmação contra negação, que a dor leva à dor dela provinda, o espasmo, a contração, os ossos se dispersando não são mais do que a vida dando-se à própria vida em augúrio, é assim que seguem destituídas de sua miséria as respostas feitas da procissão dos medos ocultos de si mesmos, é assim e não por outro motivo que minha avó ainda jovem repete-se em gemidos, que sua bacia continua a revirar, que sobrevém a náusea, que ela evitará gritos que por dentro não lhe dão trégua, que a respiração acelerar-se-á mais uma vez, como se a morte viesse arrancar os gomos pulmonares, as narinas virassem pálpebras, é assim que o destino de dentro vem morder o de fora, o impensado engole o pensado, o antes inverte o depois, o ar vira ameaça de sufocamento, a lágrima impedida pelo susto mostra que o bicho é outro, que se pode nascer duas vezes vindo, desta vez, pelos pés, que a cabeça desta vez é nua, não há fios pretos, que o corpo não é teso, não há tensão, que a expulsão não chega a ser nascimento, que nem tudo o que nasce pode chorar, que a gosma quente em seu molho tênue não se expressa dando sentido às coisas. Dona Onesta a cortar o fio pela segunda vez baixa os olhos, percebe o silêncio convertendo-se em alguma qualidade do nada de que todos são filhos, sem gritos ou lágrimas o sangue verte para o fim acalentado pelo som dos sinos das seis horas na igreja distante.

Essa veio morta.

Minha avó caindo pra dentro do seu próprio cansaço, deixa aquietar a língua, esperando que naufraguem os olhos, que suspendam os ouvidos, dona Onesta recolhendo o animalzinho dentro da bolsa alva, a mortalha sendo grande para o desperdício, agradece à morte sua objetividade, entrega ao meu avô o que resta deste parto, meu avô a segurar o pequeno embrulho com uma das mãos enquanto na outra sustém a que veio viva. De braços abertos a pesar o lado claro e o noturno da verdade a duvidar se

A vida e a morte são o silêncio da natureza.

(Preocupado com a sensação de que vou esfarelar, esforço-me por entender o que aconteceu comigo durante este primeiro dia forçando a imagem de que a ferida regenerou-se em carne, cérebro e osso. Pratico um pouco de imaginação contra o espectro que me ronda. Sou eu mesmo. Já não consigo lembrar de que igrejas são estes altares, estas abóbadas, estes túmulos, a pia batismal em cuja água benta reflete-se a luz de um raio que escapou da ordem geral da neblina à qual o calendário submete o tempo. Interessam-me a luz no vitral colorido e este efeito de lâmpada sobre os objetos. Esta imagem de São Pedro com a chave do céu é uma das mais misteriosas, estava em um lugar escuro e não se podia usar flash.

Com o tempo me especializei em fotografar o proibido, embora nem sempre tenha sucesso. Mas as imagens proibidas não são as melhores apenas porque clandestinas. As ruas molhadas pela garoa que quase virou neve têm sua poética própria, como a vidraça suja do barco com o qual chego à estação de trem passando por uma feira da qual me interessam os restos de peixe no chão, as frutas podres e verduras rejeitadas. A Itália me lembra lixo desde a última vez em que estive aqui na época de uma greve de lixeiros em N. A feira é um bom lugar para fotografar turistas, vendedores ambulantes e mendigos, para compreender a cadeia alimentar da qual cada um participa como pode. Só não sei como se combinam São Pedro Mártir, a chave do céu de São Pedro e esta imagem de ferida de areia na cabeça quando são mais de três da madrugada, não consigo dormir e tampouco posso dizer que esteja acordado.)

15.

Dona Onesta levando minha tia viva para dentro da água morna na bacia, envolvendo-a na fralda, enfaixando o umbigo, procurando os sinais de perfeição e imperfeição, alisa-lhe os cabelos fartos e crespos para o lado direito na cabeça que tem o tamanho de um pêssego, os olhos encobertos não dão sinal de desejo algum, a boca mínima não acompanha a Ave-Maria sussurrada pela parteira para o bom início dos tempos, meu avô a cuidar dos olhos cerrados da minha avó, colando o lábio em sua testa, ouvindo a dona Onesta a cantarolar sua ópera de anjos.

Meu avô deixa o quarto na direção do quintal. Atrás do fogão aquecido a gata cuida de seus passos no acordo com o silêncio do galinheiro. Ele encontra a pá na despensa de pedra. A lua é a hóstia que preside a abertura do buraco ao pé da nespereira onde ele deita o pequeno corpo de rato, quem sabe seja mesmo um rato, pois que as crianças quando nascem parecem tanto com ratos, se estão mortas parecem ratos mortos, se vivas parecem ratos vivos, quem sabe seja outra a natureza que vem ali parir, pensa o meu avô perplexo com o veneno da vida parecer-se tanto com a morte.

Dona Onesta escrevendo no livro de registros o nome da menina que sobrevivera. A morte não merecendo menção.

Meu avô ao ouvido de minha avó de olhos fechados

Às vezes se nasce póstumo.

* * *

Minha avó na cama por dias, triste como a nespereira no inverno. As crianças mais velhas espantam-se com o bebê. A forma é de um pêssego: braços e pernas, olhos e boca minúsculos como gravetos e gavinhas, os olhos, se os vejo bem, mirtilo e cereja. Os meninos, rindo do que viram, correm porta afora. Os primos sem rosto salivam famintos sobre o bebê, dariam um jeito de devorá-lo se estivessem vivos. O que vomita à saída é meu pai, os outros medem a unha da mão com a mão do pêssego, as pernas do pêssego têm o tamanho de dedos. Fabulam todos sobre a origem da figura liliputiana.

Minha avó nunca mais comerá um pêssego, meu avô ri vendo-a assustada com os olhos craquelados da pequena. Minha avó, casta como uma boneca de pano, belisca as bochechas do meu avô a preparar leite na mamadeira, o bico tão grande quanto o do seio que não fará sobreviver a menina. Minha tia mia de fome. Meu avô põe leite no frasco de conta-gotas como fazia com os gatos por pena de que morressem de fome, minha avó destituída de forças a perguntar

Vai morrer?

Meu avô

A vida é gêmea da morte.

(Sento na cama tentando recompor alguma memória, algo que me faça saber que ainda estou vivo neste instante. Doem-me os ossos, a cabeça lateja. Seria enxaqueca se não fosse o tempo explodindo sob minha pele.)

16.

Meu tio não tem trinta anos, carrega pedras para a construção da cidade no caminhão comprado de um vizinho até que a tristeza, lona rasgada pelo uso, interpõe-se às ações e impede a metáfora. Os passos metódicos da morte contradizem a velocidade das coisas que não existem mais. Ronca a eternidade desviando o veludo das vozes. Pedras amontoam-se na entrada da casa. Meu avô fala sozinho pelos corredores. Passo pela fresta do muro como ontem quando roubo flores na casa da vizinha escondendo-me do cão diabólico que me vem atacar, meu avô vem salvar-me ou me diz de longe coisas que não consigo entender, ou está parado na esquina esperando a verdade para dizer à minha avó que continua atrás da casa recolhendo copos-de-leite e arranhando as pernas nos espinhos desembestados da vegetação. A gata da cor das pedras continua a se espelhar nos pedregulhos complicando todas as interpretações. Os fatos desmancharam-se em pó retornando ao fim de todas as coisas.

Tenho menos de sete anos e compro um livro. Dou à minha tia que, perdida no túnel onde entrou para não mais sair, pergunta-me

Com quantos anos se deve morrer?

A doença faz um cerco cinza em torno da casa, deixando meu avô surdo a falar sozinho, minha tia ainda canta passando roupa, meu avô não ouve o que ele mesmo diz, só o antigo ferro cheio de brasas chia finíssimo mandando o seu recado do inferno ao inferno que se desdobra evitando o que queremos ser. O lençol exala um cheiro de naftalina, é o miasma do sono que vem anunciar o fim das coisas, minha avó no tanque de lavar roupa vê a água escorrer confundindo o canto com o barulho de fonte, a cruza do frio matutino com um frio ancestral arrepia os pelos dos gatos e os cabelos de minhas irmãs pequenas que um dia saberão destas histórias de arrepiar fingindo que não as ouviram.

Sobre a guarda da cadeira a camisa branca do meu tio morto quando ainda não era morto. Minha avó ferve leite no fogão, o frio transparece em cada folha de árvore que vem bater à janela, meu avô afaga os gatos que esperam o resto das xícaras, um fio de sol pela vidraça enregelada ilumina o rosto do tio morto a olhar no espelho a ferida que lhe nasce sob a barba, a toalha do toucador no ferro que se apaga na força incontrolada do frio que estes corpos já não sentem, o espelho manchado de água infiltrada não reflete a lâmina enferrujada com que ele se corta enquanto minha tia cantarola feito um gato miando longe, minha avó concentra-se no canto de um galo que se atrasa, o tempo é uma medida que se pode controlar com a atenção. O sol invade o império da geada a queimar as folhas das plantas, minha tia pega brasas vivas do fogão com uma colher de ferro, a ferida do rosto do meu tio morto sangra manchando o espelho e a camisa com a cor indelével do destino. Meu tio colhe gestos na memória para levar consigo ao tempo do que será, minha tia segura a lágrima sobre a camisa aquecida, perguntando a si mesma

Morre-se de incompreensão?

É então que algo novo, nunca imaginado e, no entanto, sempre reconhecível, espessando-se em fios de chumbo, caroço nuclear de uma fruta apodrecida, vem dizer-se como a voz cava da tristeza que enlaça passado, presente e futuro. É que meu avô pensará em sua mãe pela primeira vez enquanto a ferida sem casca no rosto do meu tio abre-se um tanto mais. Meu avô abre os olhos que lhe restam. Assustado nunca mais olhará para si mesmo, envergonhado não dirá nunca mais palavra humana. Mudo não saberá quem é, o que fará, o que teria a dizer caso a vida ainda fosse uma questão de liberdade ou de escolha. É certo que essa palavra não cabe, pois sou pequeno e ainda não a aprendi, mas é preciso dizê-la.

Minha tia queima a manga da camisa branca, o frio da geada invade as essências adormecidas. Eu ouço o vento que raspa no canto da casa.

Antes de chegar ao hospital, meu tio continua sobrevivendo na febre, minha avó reza atrás da casa sozinha entre as galinhas que lhe bicam as pernas fazendo-a sangrar, busca doenças que possam matá-la antes de ver o filho morto, ferverá compressas fingindo curar-se sozinha, nunca mais olha no espelho embaçado para sempre pelo bafo das chaleiras ou é a respiração de meu tio morto a arder como o fogo que aquece a água.

* * *

Meu pai parado ao lado do meu avô camuflado na roupa do serviço militar, minha tia calada há semanas, o médico vindo da cidade e prescrevendo compressas frias, meu avô chamando outro médico, minha avó rezando com as Nossas Senhoras por perto, Deus escrevendo certo, um ovo no meio da sala, meu pai tapando os olhos que as sombras não podem ver, meu avô buscando o médico na cidade pensando no Gattopardo, no que fora feito de sua mãe, meu tio falando como um sonâmbulo, minha avó na primeira Ave-Maria da madrugada, linhas tortas espalhadas pelo chão, meu avô trazendo o médico com uma injeção de penicilina, meu tio chamando as galinhas para que entrem no quarto, meu pai procurando as linhas tortas para dar à minha tia, a cama rangendo, os dentes rangendo, minha tia calada há semanas, minha avó na trigésima Ave-Maria da noite que afunda enquanto ela diz *buonasera* confundindo ocaso e aurora, meu tio chamando as galinhas, o médico no dia seguinte injetando outra ampola de penicilina, a ferida se abrindo de vez no tornozelo da minha avó para nunca mais fechar como a nova janela da casa, meu tio sendo levado ao hospital na camionete verde do meu avô sentado ao lado do meu pai a carregar a mala feita pela irmã com um terno bege e a camisa queimada, uma imagem do Menino Jesus de Praga dentro da mala, a minha avó atrás da casa perdida nas contas das Ave-Marias e dos crepúsculos, o rosário de contas escuras no bolso, as mãos na testa, meu tio ainda vivo parado na porta, oculto atrás da porta o retrato do irmão padre de minha avó, minha avó olhando para ele a perguntar

Deus existe?

Meu avô diante de meu tio morto ainda vivo no hospital. Minha avó a rezar em casa. Nossa Senhora do Caravaggio vendo tudo sem poder fazer nada. Minha tia aprontando as roupas da viagem, acendendo uma vela branca. Fazendo a promessa de plantar flores para sempre sem explicar o que deseja ao prometer. Meu pai ao lado de meu avô movimentando-se conforme o sol. Meu tio ardendo em febre sobre a cama branca. Meu pai segurando a mala com o terno bege e a camisa queimada com as costuras esmeradas. A última injeção de antibióticos na veia fraca do meu tio ainda vivo. Os pés inchados, as mãos inchadas. A ferida no rosto como um terceiro olho. Os olhos fechados de meu avô a lembrar da mãe que não conheceu. Meu pai arrumando o terno em volta da camisa amarela no cabide. Meu avô com um copo de água na mão. Um silêncio sem decoro. Meu pai pensando se não há uma gravata. Meu avô chamando meu pai. Meu pai a chamar o médico. Meu tio a virar-se de um lado para o outro como se quisesse fugir de si mesmo. Meu pai assustado com a cama branca com manchas de suor como mapas de uma cidade desconhecida. Os olhos azuis do meu avô agora pretos. Meu pai com o médico pelo colarinho. O médico fraco como chá de camomila. Meu avô chamando o Gattopardo na janela. Meu pai tapando os ouvidos, o médico dando outra injeção na veia rota daquele que devém mais moribundo a cada instante. Meu pai olhando na janela a neve a cair lembrando que no verão compraria um sapato novo e iria ao cinema se tivesse tempo, sem saber o quanto dependerá do sol. Meu tio chamando as galinhas. Meu avô procurando a imagem do Gattopardo em seus pensamentos. Os corpos vazios esperando que o tempo dividisse as horas da vida e as horas de depois da vida. Aquelas que chamam de morte quando não há como evitar o nome secreto das coisas. Meu pai saindo do quarto a esquecer-se de ser a sombra do meu avô. Meu avô em silêncio a pensar na mãe que poderia ter tido. Meu tio olhando o lugar nenhum ao qual todos se dirigem mais cedo ou mais tarde. Meu avô a gritar chamando por meu pai que volte, que venha ver, que não o deixe só quando a sombra de todas as sombras invadir o quarto, meu avô atingido pela sombra, chamando a própria mãe, com os olhos nas mãos, os pés sobre os ombros, a cabeça pendurada no corpo como alguém que descobre que se tornou o que é, voltando para casa, morto pela primeira vez, dizendo para minha avó que a sombra das sombras não deixa falhas, minha avó morta pela primeira vez, a colher copos-de-leite para sempre na paisagem das coisas que não existem mais.

(Não tendo dormido, não posso dizer que tenha acordado. É um sonho o que tenho ou uma lembrança? Alguém dirá que é uma alucinação e eu não poderia contradizer o fato. Se não durmo, lógico é dizer que não acordei e, portanto, estou sonhando. Se estou sonhando quero acordar. Mas se não posso acordar é porque não dormi. Não consigo concentrar-me, tampouco esquecer. Sem noção do horário, temo perder a noção do tempo. Clareia o dia e sou salvo por um pensamento banal: há anos não experimento um verão. Melhor esquecer este pequeno problema com a realidade e fotografar o que vejo, como Tomé que se contenta com o que lhe aparece.)

17.

Meu avô então morto pela primeira vez já conhecia bem o tempo que elimina todos os outros. Meu pai passa a viver ao seu lado como sua sombra particular sabendo que não poderá mudar seu destino. Minha avó, que não conhecia bem a morte senão de ouvir falar, não entende que não se morre de uma vez por todas. Passa a morrer aos poucos, até ser enterrada em um domingo qualquer, destes que se repetem às centenas ao longo de uma vida, esta que se perde na intensidade das próprias sendas desconhecidas. Dardos do sem-sentido que a todos vêm atingir também me tocam. Dou-me conta de um tempo tardio e primevo e que, mostrando-se em sua inteireza de pedra, tudo reduz ao mero presente onde cada coisa que existe, ou existiu, é manchada com a cor de um infinito sujo.

É assim que ainda vejo, nestes infinitos sete anos, meu avô à mesa com um copo de vinho intocado a dizer-me que nunca gostou de pão. Que comeu a vida toda para agradar minha avó. Pergunto-lhe por que não fez o que queria. Fez tudo o que pôde.

Quero segurar-lhe a mão ressequida pelo frio enquanto dorme tendo o gato ao ombro. Ele acorda e me conta que desde que todos morreram não para de pensar em sua mãe. E que acaba de sonhar com ela.

(Pode-se experimentar o tempo como um sapato apertado quando se têm tantas ruas por percorrer. Saio da cama como quem levanta do chão e não tem sapatos que calçar. Resolvo passar o dia como que de pés descalços e simplesmente andar a esmo. Deixo para amanhã a tarefa que me traz até aqui. Tudo para a última hora, mas é assim que prefiro fazer quando, livre do meu próprio e mais caro direito, tenho medo de fugir.

Percorro os corredores fingindo um interesse geral por todas as coisas, deixo que a máquina recolha as impressões às quais está condenada por sua natureza objetiva e que meu olhar humano subjetivará como puder. A máquina de fotografar olha por mim há muito tempo revelando-me o inconsciente ótico das coisas, o ângulo dos acontecimentos que se fixa como verdade. Nego-me a fotografar vitrines, porque me incomoda o desumano destas paisagens forjadas que não existem por si mesmas. Também elas um dia serão imagem de museu.

Não o será, contudo, esta albanesa com um lenço à cabeça, que, como as ciganas pobres que quando criança eu via nas ruas de V., olha para si mesma refletida na vitrine da loja de C. Channel. O espelhamento dado pelo interior negro da loja permite justapor sua roupa pobre ao corpo do manequim com o vestido de seda salmão.

Por instantes, mirando-se na boneca, ela descobre aquela outra vida que pertence a cada um como não vivida.)

18.

Sua mãe é uma condessa, ele me diz. Ele é filho bastardo do rei, o Gattopardo, que o envia para a guerra. Tem no abdome uma ferida provocada com ácido pelo inimigo que invadiu o quartel-general enquanto ele dormia. Ele sabe que vai morrer. Sua mãe tira um pequeno pedaço de papel de dentro de um livro de orações que traz no bolso da roupa preta. Não se pode distinguir se é viúva ou freira. Ela solta vagarosamente o fragmento sobre a enorme ferida que se fecha em segundos. Espantado com o feito, tomado pelo espanto da ação milagrosa, ele pede para ver o papel, no qual apenas está escrito com sangue o seu próprio nome.

(O frio não é tão intenso como imaginei nestes dias de inverno. Há sol na infantilidade com que surgem as manhãs em dias frios. Decido entrar na embarcação que circunda a grande baleia e passar o dia procurando imagens ao sabor do movimento do barco. A divisão da cidade em duas obedece à regra comum a todas as cidades turísticas, de um lado o que é feito para ver, do outro o que não deve, por força de lei, interessar a ninguém. Divisão contraditória sob a evidente unidade do silêncio dada nos mapas, nos horários e na velocidade dos transportes, nas caminhadas sugeridas nos guias, nos cartões-postais à venda nos quiosques e nas lojinhas de museus. Da baleia só se espera que seja vista a grande ejeção de água como os fogos de artifício na entrada do ano novo. Ontem, um dia, um ano em minha vida tresnoitada. Onde tudo é espetáculo, também tudo é, de certo modo, transformado em fóssil, segredo ocultado que é revelado a poucos, quando poucos significa dizer todo mundo desde que cada um em nosso mundo de hipertrofiado amor-próprio se imagina único. Mas é também assim que tudo se torna resto, plástico que se deve descartar cuidando que seja no saco de lixo correto, neste tempo que quer salvar o resto enquanto evita saber da ruína.

Olho a baleia de fora: ao redor veem-se as escrófulas da pele eczemática, as escaras da erisipela, as pústulas no ventre exposto despejando seu pus nas águas limítrofes. O grande corpo suspenso sobre a ilha, na qual mal cabe, recebe os pássaros de mau agouro, colam-se mariscos e caranguejos às costas apodrecidas, esconde-se a cloaca e nela os testículos do monstro ou seus seios de hermafrodita.)

19.

É abril, frio intenso, meu avô chega trazendo meu pai antes da fuga, antes de tornar-se a sombra com que tivemos, eu, meu irmão e minhas irmãs, que conviver por tantos anos, estou presente finalmente ao tempo da minha vida, já vivi, viverei tudo de novo, embora tenha nascido — também eu — apenas uma vez e o ato de nascer seja próximo ao de morrer, sei desde sempre que a morte é que se repete, que não se está aonde se chega, não se chega onde se está. Por fim, que o movimento do tempo é o da curiosidade interrompido pelo cansaço de uma noite maldormida. O desconforto de perder o leito natural onde surge um corpo, também o meu, como efeito da natureza que se move desejando estar quieta, me permite agora ver o mundo ao redor. Olho para cima e vejo o céu, ou são meus olhos que estão nublados, os ventos caninos circundam como lobisomens a pequena casa onde minha mãe está acomodada com a nova cria, outros cinco estão lá fora e alguns virão depois de mim, sei que deseja se matar e por isso não me amamenta, ou seria melhor que eu morresse e, na verdade, teme envenenar-me. Não choro para não complicar as coisas. O nada é a tinta com a qual pintaram por dentro e por fora as paredes da pequena casa. Meu avô na porta, avista-me? Viro-me tentando ver seu rosto. Encontro dois olhos da cor de um céu sem nuvens, cortina por trás da qual posso ainda me esconder.

Meu avô me leva consigo, não sem antes dar dinheiro, riqueza e miséria, contos de réis à minha mãe que agradece sem olhar-me, vejo-a anos depois a bater roupa na beira da barragem do Quebra-Dentes. Seu marido, o homem que seria meu pai, a consertar guarda-chuvas à soleira da porta, com a roupa preta desbotada arrastando as barras das calças. Minha mãe de ventre esponjoso, seios na cintura, prestes a parir novamente, um lenço à cabeça esconde os cabelos malcuidados. O homem que seria meu pai atravessa as ruas da cidade em sua roupa preta prestes a enterrar toda a gente, dá-me medo como um demônio, dá-me também uma herança. Alguma memória melancólica a carregar pela vida afora e que não levo em conta senão na hora de apertar o botão desta máquina de fotografar.

(Experimentar a história como um *souvenir* é o que a maioria deseja. Procuro os grupos de zumbis atravessando as pontes de mãos dadas, bebendo vinho em taças em balcões sujos, aquecendo-se nos restaurantes de comida duvidosa. É o nomadismo como espectro de um tempo em que todos se sentem perdidos em suas casas e buscam, como eu, perder-se no estrangeiro para recuperar certo atavismo, a sensação de que não somos ainda robôs. Minoria é este velho a mover-se no compasso de máquina de costura. Vou e venho fotografando chineses com máquinas bem melhores do que a minha, suas mulheres de jeito envergonhado devem sentir-se deusas nestes casacos de plástico. Tenho tempo para me perguntar se alguma outra coisa me torna diferente deles além do fato de que não te nho mulher alguma nem um casaco de plástico. E, quando volto ao lugar de onde parti, o meu velho como alegoria do tempo ainda não chegou ao café no qual sentará pedindo uma xícara de chá como uma estátua viva à espera de esmolas. É certo que deixou em casa o veneno para matar-se junto dos outros remédios que o ajudam a manter-se em pé apoiado apenas pela bengala com haste de pau-brasil protegida na base por uma pesada ponta de prata amassada pelo chão. Digo-lhe bom-dia para que se sinta notado e mude mesmo que por instantes a expressão com que tiro esta foto em que se podem ver seus olhos surpreendidos com o fato de que, no tempo morto das coisas e seus espectros invasores, algo ainda possa estar acontecendo.)

20.

A vida não é mais que sorte acumulada. Por isso eu que vou morrer tive que nascer um dia. E é assim que as coisas são.

Aquela que chamarei de mãe a encontrar meu pai antes da fuga com seus olhos azuis e seus contos de réis nos bolsos, a pagar-lhe uma coca-cola, a propor-lhe casamento, está grávida de meu irmão mais velho, enquanto minha mãe está grávida de mim, é por isso que somos gêmeos, nascidos de mães diferentes, mas do mesmo pai. Tenho cinco anos como meu irmão, nascemos na mesma época, quem sabe no mesmo dia, a data que me deram é do dia em que meu avô foi buscar-me trocando-me por um saco de feijão e moedas de esmola. Amo meu irmão como a um personagem de conto de fadas, como um herói dos filmes de faroeste. Ele é meu Perseu, meu Hércules, meu Cástor. Eu sou apenas seu Caim.

Meu irmão emprestou-me o próprio leite, deu-me as próprias roupas, ensinou-me a ler, ajudou-me a invejar e a querer fugir do destino infeliz compartilhado por nossas mães. A mãe que era só minha ao lado de sua mãe verdadeira, a mulher que me criou. Mais tarde, a mulher que chamarei de minha mãe. Enchem-se de filhos como vacas, gatas ou cadelas. Aquela a salvar seus filhos da penúria, esta a salvar minha mãe, salvando a mim, a salvar meu irmão que me emprestou seu leite, a salvar minhas irmãs que, como todas as crianças de nossa família, estiveram ameaçadas de naufrágio. Ou seria congelamento?

Vejo minha mãe a afagar a própria pele seca com os ossos à mostra como quem se abraça a si mesma extenuada de viver, e suporta o que a história lhe reserva sem saber o que é história, sem entender que é o destino que lhe arranca os filhos como frutos apodrecidos. A que chamei de mãe é esta de lábios grossos, olhos claros, cabelos lisos de índia, é ela quem atravessa a enchente enquanto a sombra de meu pai está à cama como um efeito da vela usada na falta da luz elétrica, é ela quem abre caminhos pelas águas alheias, que busca uma saída como um pedaço de carne no açougue, um ovo no ninho das galinhas, sabe, ao contrário de minha mãe, que o destino é um pássaro morto deixado à porta por um Deus enganador, com um bilhete no qual se escreve o nome dos que virão, a explicar que da vida se paga um tributo sobre cujo valor apenas cada um saberá, as mães não têm o poder de pagar o dos filhos mesmo que deem a vida como promissória, e eis que a mulher que chamei de mãe olha meus muitos irmãos com pena, ou é perplexidade racional, sem saber que sou filho do meu pai, seu marido, que ela crê apenas um menino mimado por meu avô, sem pensar que é justamente por ser um protegido que se desincumbe de suas responsabilidades, que se deita quando quer com quem bem entende, não importando o sexo, a cor, a classe social, tudo o que importa a meu avô, quem o obriga a casar-se com ela esperando que o filho acalme o sem-sabor que o incrusta à vida, eis que esta mulher que chamei de mãe quer levar vários de meus irmãos para casa dizendo que onde comem cinco comem seis, na esperança de salvar alguém ou qualquer coisa da beira do rio, dando comida ou estudo, conforto ou saúde, apenas para salvar a esperança em si mesma, para proteger-se de si, enquanto meu pai, aquele que fora meu pai e que chamei de pai por força de nomeação, a esfumar-se entre luz e sombra, a escorrer pela terra, a rastejar nos passos de meu avô na consistência ínfima de uma superfície, máscara que não esconde o que se é, fruto de uma alteridade impossível, meu pai feito sombra de vez, o homem que seria meu pai a consertar guarda-chuvas, a tapar a chuva e o sol, a cuidar de meus irmãos pequeninos que brincam na terra enchendo-se de parasitas, eu vindo em silêncio no balanço do andar de meu avô que cantarola em sua língua de tristeza, sou doado por obra da miséria, abandonado à nova sorte, sou entregue pelo meu avô à mulher que chamei de mãe que me olha como um brinquedo, rindo-se com dois bebês, um seio para cada um, meu pai saindo pela porta por onde entrei, tornando-se para sempre a sombra com que a mulher que chamei de mãe passa a brigar todos os dias sem reconhecer sua impotência, sem permitir que fosse de vez conectar-se consigo, quem sabe unir corpo e superfície, encontrar o rosto para a máscara que tem nas mãos herdada por alguns de seus filhos.

Cresci querendo saber por que também eu não tive a chance de uma máscara. Se como meu pai eu esperei pela herança é porque é isso o que me cabe como cabe a um cão deixar-se levar pela carroça que o arrasta. A herança é a memória dos irmãos que deixo na beira do rio, a quem vejo todos os fins de semana pela janela da velha camionete sem que me deixem parar à estrada. Eles não podem atravessar as margens assim como não desaparecem as galinhas do quintal da casa onde cresci, assim como meu pai permanece à sombra e meu avô não deixa de me lembrar, mesmo depois de tanto tempo morto, que

O esquecimento é o fundo luminoso das coisas.

(Ao redor do velho, dezenas de pombas vêm buscar migalhas, correm crianças com milho às mãos fazendo algazarra. Tendo uma capturada ao colo esta mulher de gorro vermelho mostra-a ao menino na cadeira de rodas, ensina-o a acariciar a cabecinha de animal aparentemente inofensivo enquanto, noutro tempo – este em que revira os olhos —, o menino teme a impronunciável estranheza da ave. O velho não pode ver o menino, assim como nenhum deles me pode ver. Reflete-se na poça d'água a cena completa de vidas que se entrecruzam perdendo-se sem saber que existiram, às quais eu daria o nome de espectros se falar deles já não tivesse se tornado óbvio neste lugar em que os espelhos desaparecem impedindo que nos demos conta de que tudo é imagem.)

21.

Tenho poucos anos e construo cemitérios de areia, enfeito-os com as flores do jardim. São túmulos. Não conheço castelos. Enterro primeiro meu pai, depois meu tio que pena pela casa com sede de tudo, depois o cãozinho com o osso de galinha na garganta e sua mãe preta de peitos cheios. Mas a felicidade é uma data que nunca chega, chega, no entanto, aquela que chamarei de mãe com sua fúria de Ondina, arranca as flores que enfeitavam meus túmulos. Põe abaixo a delicada arquitetura do meu mundo santo. Enquanto ela põe vivos no mundo, digo-lhe aos gritos que

Enterro os mortos.

Meu avô ensina-me a desenhar uma casa, dizendo que posso construí-la com madeira. Diz-me que também ele tem uma mãe que se perdeu e que não precisa dela porque é assim com os animais mais fortes. Pergunto-lhe se tem uma foto para mostrar-me, ele desenha uma mulher de cabelos encaracolados como os de minha avó e depois ri, avisando que

As mulheres são todas iguais.

Desconfio do que diz assumindo-o como a verdade com que posso me proteger. Digo-lhe que gostaria de ser menina para poder me casar com ele. Com o rosto assustado explica-me que é melhor ter uma mulher do que ser uma.

(Entro no museu para matar o tempo e fingir que não estou sendo morto por ele, para ter um lugar onde sentar enquanto os escorpiões do cansaço que trago comigo da caminhada infinda pelo território labiríntico mordem-me os calcanhares. Veria sarcófagos e pinturas e outras velharias se pudesse fotografá-los. Mas a proibição estúpida dos donos dos fósseis plastificados espanta pessoas como eu, não porque qualquer ética seja maior do que meu desejo, antes por prudência e — a verdade que me importuna — por medo de ter problemas como a mocinha que foi pega com a máquina do celular, tendo que apagar todas as fotos ali mesmo na frente do todo-poderoso senhor policial. Neste ponto sou voyeur como o mais estúpido turista que prefere a fotografia à própria experiência visual, apenas porque não tem mais experiência visual do que a fotografia. Cegos que podem ver. Eis o que somos.

Consegui fazer esta imagem no momento de sua humilhação, uma das únicas, além desta outra do relógio pintado na parede a marcar imóveis seis horas num acordo tardio entre Heráclito e Parmênides. Gostaria mesmo é de ter fotografado uma pintura de cerca de 200 anos atrás com habitantes vestidos do que é hoje apenas roupa de época guardada em vidros protegidos nos museus, e que ficavam bem combinadas com a cidade na sua condição de cenário de teatro, de palco em que a vida não escondia o que nela é invenção, mau gosto, fascínio forçado sobre aquilo mesmo que se inventa. Fiquei apenas com a imagem na memória do desfile de mulheres oferecendo-se ao trabalho, de burgueses negociando, de feirantes carregando mercadorias, de remadores sobre pequenas jangadas e, próximo à grande baleia, as galeras movidas por centenas de homens. Esquecerei em poucos dias. Só as fotografias é que não contribuem na realização do desejo tão simples como este, típico dos mortos, de que sejam esquecidos ou não poderão, simplesmente mortos como são — sendo que ninguém jamais é simplesmente vivo ou morto —, descansar em paz.)

22.

Com os olhos assustados e muito abertos no gesto que aprendeu com os gatos, minha tia diz-me que tome cuidado, que fuja, que esqueça e não olhe para trás, diz-me com as mãos apertadas que ninguém se livra de seu início. E o que me quer dizer é que não podemos enterrar os mortos.

Que a vida não passa de uma fita a entrelaçar o que chamamos de existência ao seu contrário, e que nada, nem ninguém, nos deixa ver o ponto em que uma e outra se tornam exatamente o mesmo.

É assim que me vem falar quando é noite escura e tenho medo de quem eu mesmo sou.

(Do museu me interessam estes minutos de descanso pelos quais pago o preço de um ingresso caro e de uma história morta. Na porta o cartaz de uma obra contemporânea exposta por pouco tempo parece ser o chamariz da estação aos visitantes que não se agradam mais com a coleção de sempre. Tenho certeza que meu avô não teria gasto seu tempo, no entanto é também certo que não teria sido infeliz diante de alguma destas tantas Vênus.

Certamente o artista que aqui expõe sua obra o faz pelo prestígio de estar ao lado dos pintores célebres, valendo deixar de lado as precárias condições do museu. Ingressos caros, povo corrupto e as obras lançadas ao léu das paredes desgastadas. Coisas que deixo para pensar depois se é que um dia terei memória para tanto. Por hora, apesar do cansaço que a confusão dos fusos me acarreta, devo ocupar-me da visita. Quem sabe valha o tempo. Pode ser o mesmo o que pensam os tão corajosos quanto raros visitantes que se dirigem pelas escadarias à sala circundada de armários e estantes onde a obra única está exposta. Entra-se no breu do recinto com outros dois curiosos que, diante da porta, esperam completar o número necessário para que um guarda, tão entendido em arte contemporânea quanto um guia das catacumbas da Terra Santa é entendido em paleontologia, erga a cortina de veludo negro e, como em um teatro de anatomia de séculos, mostre, com a lanterna ao lado do cassetete, a caveira cravejada de milhares de diamantes.

Eis que a facies hipocrática da história apresenta-se estranhamente tímida na vaidade que a reveste. À testa em forma de lágrima uma pedra maior do que todas as outras é marca encobridora da vanitas. Tudo é a vaidade sempre esquecida dos curiosos que não veem a pornografia de uma obra ironicamente casta. Um deles tem a brilhante ideia de perguntar se são originais dentes que parecem tão verdadeiros. Ninguém tem a ideia de perguntar se o são os diamantes que encobrem a totalidade do osso, me fazendo pensar se há de fato um osso. O guarda como um bom ator que engana sobre um texto decorado informa que a cabeça é de um homem morto no século 18. Perguntam o nome do morto e o nome do artista, ele apenas responde que é um inglês, e que o nome pode ser visto lá fora. Não me sai da cabeça a sensação de uma contradição vinda de alguma falha no teatro armado: se os dentes são verdadeiros são opostos aos diamantes, ou são verdadeiros os diamantes e falsos os dentes. Eis que percebo que o outro curioso não era tão imbecil. Ou serei eu o imbecil? Ou é tudo falso, parecendo ser verdadeiro, ou tudo sendo quase perfeito, mas tendo uma falha, se assemelha ainda mais ao real, sendo assim verdadeiro em uma gradação difícil de criticar. É a ponta de dúvida nos microssinais nos dentes e nos diamantes que não deixam de parecer cristais não tão baratos que deixem de provocar o desejo de possuir um daqueles objetos sobre a mesa da sala.

Tudo é performance neste pequeno teatro da morte em que o signo mais profundo é a marca da vaidade humana. Por menos de três minutos contemplo a cabeça platinizada ou plastificada pensando no que foi feito de Yorick. Os dois guardas, o de dentro e o que está à saída da porta, este ao lado do cartaz da exposição, despejam sua lição de arte contemporânea fingindo não saber nada além de seu ofício, repetem várias vezes a quantidade de diamantes sobre a qual tentam convencer-me, a mim e meus parceiros de ilusão, que há uma única curiosidade além deles mesmos, os guardas, eles mesmos perplexos enquanto deve parecer que desejam impressionar os outros com sua própria perplexidade. É o teatro barroco em versão kitsch como tudo o que se encontra por aqui.

No entanto, não precisam fazer força, suas intenções não importam, nem mesmo sua performance, pois nem mesmo usando benfazejos óculos de cegos alguém que tenha entrado no antro escuro permanecerá inocente.)

23.

Meu tio é morto, meu pai é sombra. O resto é a ameaça do chiaroscuro. Meu pai procura uma lâmpada. No escuro, meu avô continua a pensar na mãe que não conheceu. Não sabem o que irá acontecer. Sou criança e o sentido das coisas ainda está aberto para mim como a porta de um castelo encantado, uma nascente de água no deserto, uma flor no fim do arco-íris. Eis que todos dormem depois do almoço. Nem o cheiro açucarado das uvas pode acordar os que nunca saem do sonho. Perco-me no calor abafado dos pensamentos, minha irmã menor carregada por um pássaro de mau agouro acorda e chora, levo-a a andar sobre o muro e ver o ninho de corruíras no arbusto de cidró para que se distraia e não acorde os primos sem rosto. Como um querubim, a pequena testemunha do que não saberá narrar acompanha-me e, por isso, sei que não estou enlouquecendo. Vejo o Gattopardo descendo a estrada, vindo em nossa direção, tem bem mais de dois metros, não é um homem como qualquer outro, os passos fortes e sem pressa mostram que há poder em sua decisão, o trono vem sobre as costas de um cavalo puxado à corda tão imenso quanto ele. Pergunto-me de que mundo provém esta cena de cinema. De onde estou posso sentir o passo pesando sobre a rua aproximando-se na intensidade de um eco audível por dias e dias, o braço único e o rosto dobrado de velho fazem a vez do silêncio encarnado a que correspondem todos os fantasmas.

Enquanto todos dormem acordando a eternidade, eu e minha irmã menor percebemos o desenrolar deste momento impressionante, ela me aperta com os braços macios, as pequenas mãos agarram-se à minha camisa. O som de fundo das cigarras e outros gritos aborrecidos de insetos dão um ar cerimonioso ao gesto de sentinela do trono depositado às costas do cavalo que, agora posso ver, é manco. Olhos bordados como palimpsestos sobressaem em nossa direção. Também eu sou sentinela da hora em que os outros dormem, guardo a casa de ladrões, impeço que os gatos subam à mesa, aviso se alguém se aproxima. A lentidão dos passos, um de cada vez tendo segundos por intervalo, o cavalo com sede parando para beber água, faz pensar que demorariam a chegar como as montanhas que parecem perto quando estão a quilômetros de distância. Grito para que meu avô, meu pai e meu irmão, que jamais se pronunciou até aqui, para que venham tomar posse porque o trono não me pertence. E, no entanto, sei que, como um bastardo, terei de carregá-lo.

Os passos do velho pesam contrastando com a paisagem de verdes iluminados pelo dourado do sol destes dias em que só se ouvem o arrulho dos pássaros e galinhas e a voz de insetos representando alguma forma de calor. É o primeiro dia quente de minha vida e ele nunca mais se repetirá.

Chegando perto com seus olhos desbotados de musgo, o velho com os pés inchados nos sapatos gastos de atravessar a serra me pede uma esperança, estendendo a mão para que eu o cumprimente. Às minhas costas, como o lado das coisas que não posso compreender, meu avô ri

Nonno, espera.
Não podemos enterrar os mortos.

(Saio dali precisando de um livro como um drogado precisa de suas substâncias essenciais, ou um crente em Deus de sua resposta. Entro na primeira livraria que encontro no caminho. Compro tudo o que foi escrito sobre V.: S. W., R. D., G. A., Casanova e deixo no hotel. Tudo complicado demais para uma cabeça que pensa por imagens como a minha. Escolho um para levar ao bolso pelo senso de silêncio que me sugerem suas primeiras páginas. É *Fondamenta degli Incurabili*, de J. Brodsky. Com ele, descubro que V. cheira a algas marinhas geladas abaixo de zero. Que o odor, ou o fedor, é uma violação do equilíbrio do oxigênio que é invadido por substâncias estranhas. Quando um cheiro é capaz de alegrar é que faz crer que se chegou a um ponto de identidade. Não me alegro por estar em V. como nunca me alegrei quando estive em V., a mesma de onde vim. Enquanto Brodsky via seu próprio autorretrato no ar frio da noite, eu me pergunto por que, sendo a V. onde vivo e a V. à qual cheguei tão igualmente frias e úmidas, por que não me sinto pertencendo a nenhuma delas.)

24.

O mundo se esconde na miragem, meu irmão não vê o trono sob a garupa do cavalo, meu pai ou procura a lâmpada ou se move conforme os gestos de meu avô, efeito da luz e seu controle, sem saber que a vida continua na contramão de seus respiros. Minha irmã foge a procurar a saia da mãe que dorme aproveitando o silêncio das galinhas ao lado do calor de vacas e porcas, mulheres e meninos cujos rostos desconheço. É tarde de domingo e espero que aqueles homens, meu bisavô, meu avô, meu pai e meu irmão, se decidam entre si.

Somos os únicos acordados além do cavalo em cujo dorso se apoia o trono. Também eu, cansado de prestar atenção em tudo, de exercer a lucidez que me serve de remédio e é, de todos os venenos que experimentei, o único de que posso dizer, reflete o tom universal da vida que em particular vivi, meu destino e minha morte. Um ódio indistinto até agora me devora a pele das mãos como o calor de um ácido, sobem-me os escorpiões da raiva pelas pernas, cresce-me um pé de araucária pelas costas como um gesto que não se pode mudar, em instantes desisto da posição de sentinela com que tenho que provar ser menino, da escravidão que fazem parecer voluntária, olho para os lados certificando-me que não serei impedido e, em segundos, arranjo meu próprio trono descendo um par de cordas do teto do galpão onde se guarda o pasto seco à altura dos meus joelhos sempre esfolados nas pedras. O cheiro do estrume e da palha revira-me o estômago como se um mar de peixes podres vazasse do desejo proibido a realizar-se em breve.

Meu avô pergunta ao Gattopardo onde está sua mãe. O velho diz-lhe não há mãe alguma, que não o chame de pai, que ele não é seu pai. Nada, nem estas revelações curiosas da vida familiar, me impede o prazer clandestino do voo que alcançarei em segundos. As cordas seguras nas vigas, um pedaço de lenha, que me falta uma tábua reta que sirva de assento, é tudo o que busco. Sob o trono o pasto macio amortecerá a queda, um galho verde será minha bandeira. Sendo proibido deitar no monte erguido com a pastagem seca, abandonar-se ao *farniente* das horas infantis mais sinceras, quando estragar o feno é menos do que ficar a pensar em nada, a desocupação sendo a casa do diabo,

cuida que o diabo aparece quando menos se espera

diz-me o meu avô referindo-se ao velho pai que não é seu, enquanto quer ensinar-me algo importante.

Eis que está feito o pedestal e se pode subir aos píncaros da diversão com que sonho o dia todo mesmo quando estou trabalhando. Sozinho, quando todos dormem, faz-se de uma vez a minha chance de um mundo só meu, em que, cheio de mim, completo de meu tempo, eu serei minha própria artimanha, meu brinquedo, o rei de um reino singular. Eu, e tudo o que sonho, a cativar pensamentos que se passam descontentes como gafanhotos confusos entre ilusões puídas, as varas de pescar atrás da porta prometem dias intensos no futuro. Ouço o ronco de uma ovelha por perto, as longas folhas do capim-elefante ainda verdes fazendo uma montanha selvagem, o azevém por secar, tudo é tão banal e sou tão poderoso que posso voar. Subo nas cordas, meu avô não me olha preocupado que está em evitar que o pai se aproxime da casa, ajeito a acha para que fique firme entre mim e a corda, dou impulso com o pé esquerdo, estou no embalo de um novo mundo, os limites das cercanias não podem com minha nave, não há mais países distantes, conquistarei tudo o que vi em livros, o que vi no cinema, o que poderia ter visto. Tenho a liberdade e todos os direitos, caçarei elefantes e tigres, o canto das cigarras são baleias que vêm de longe, logo verei sereias, a girafa oculta sob as gramíneas ressequidas, o cervo camuflado nas cores do capim queimado de sol, aparecerão os animais selvagens fazendo fugir os bichos de sempre, os animais domésticos não são páreo para as bestas poderosas que ameaçam a ignorância comiserada das galinhas e vacas.

Os gatos e cães ocultos no pasto dão lugar a animais raros que povoarão um mundo só meu, recém-transformado em um lugar para habitar, quem sabe um hipogrifo como o que vi em livros apareça na espera como um sortilégio do qual serei o único destinatário, e quanto mais o balanço vá, eu voando entre águias e centauros, subo céu adentro, a corda comprida desaparece em meu cenário, estou num balão, num avião, tenho asas, em pouco tempo o galpão será a África. Verei o elefante que procuro, ou estarei na Índia com meu tapete voador ou andarei no pescoço de elefantes bravos destituído de todo medo, depois cruzarei o continente e tocarei o céu, prendendo um chumaço de nuvem dentro de um pote de vidro. Assim é que, no balanço, sigo contentando meus pensamentos, fazendo-me viver, procurando um vão no azul por onde entrar no impulso, procurando as nuvens mais distantes até atingir planetas e reconhecer seus moradores, o éter, o éter de que fala o meu avô apontando para o próprio pai, quando me conta que não se descumpre uma promessa, eu pensando na promessa, qual seria, qual seria o meu pecado, por que o oceano é azul-marinho, por que não voam as galinhas, por que não me deixam sentar no parapeito de pedra da janela da cozinha, por que as nuvens não descem ao solo, e, quase tocando o teto do velho galpão com a ponta dos pés, em poucos minutos entrando em Saturno, as nuvens mudando de cor, chegando ao ermo dos tons imprecisos, minhas mãos agarrando a corda, eu subindo num camelo manso, Saturno sendo mais perto que o Egito, as cerdas duras macerando as palmas de minhas mãos, antes escolhesse um cavalo árabe de crina macia, o deserto como a inexistência de paisagem, e como se fosse hoje, quando olho o azul-escuro substituindo o azul-turquesa, o céu finalmente se abrindo, vejo-me ainda nestes anos em que se atravessa o que foi e o que será, sempre a buscar um pensamento, a chuva como a generosa água-viva que desiste de nos queimar, o retorno do Egito na corcova de um camelo, meu pensamento para sempre descontente com lacunas por preencher, eu sobre asas de condor tendo as nuvens de cima das nuvens, os cúmulos escurecidos como paisagem, indo dar com os joelhos, a testa, a língua na terra escura que por pouco não me devora.

Meu avô me acorda. Esfolado, sem trono ou principado, ouço entre o grito de minha irmã menor e os passos rápidos daquela que chamei de mãe, a corda do trono balouçando no ar; as meninas rindo do meu tombo, nenhum camelo nem condor por perto. Meus pensamentos perdidos pelo chão. Meu irmão dizendo bem feito. Galinhas, porcas, homens e meninos cujo rosto desconheço, o escuro tomando conta da história que eu iria contar, meu avô a rir

Não foi nada.

O tão disputado trono sob as patas das vacas, a outra parte tinindo dentro do oco do fogão. Meu avô a perguntar-se onde está sua mãe. Eu no hospital perdido do mundo, sem reino, nem ideia, abandonado à vida como a inteira vertigem de uma tarde infindável. Como se o Gattopardo não estivesse por aqui.

(Passeio os olhos pela grande planta deixando-me perder, ao mesmo tempo que temo descobrir o que procuro. Ignoro o verso deste pedaço de papel plastificado com a lista de todas as ruas principais. Encontro a Rua do Paraíso, a Rua da Donzela, a Rua do Perdão, a Rua da Caridade, a Rua dos Pretos, a Rua del Pestrin, onde dizem que se vendia o leite, que leva ao Campo San Martin, sobre o qual leio em um dos livros que comprei na livraria ao lado do hotel a história de um necromante que se perdera naquela região à noite e que, pragmático, pede que o diabo lhe dê uma tocha para poder ir para casa, no que é imediatamente atendido. Ao chegar em casa, põe a acha de madeira na caixa de lenha e vai dormir. Pela manhã a empregada encontra o braço carbonizado de um morto entre os pedaços de madeira, chama seu chefe que cai na risada ao ver a brincadeira que o diabo fez com ele.

Também eu tenho o meu diabo, talvez por ler estas histórias tenha sido vítima de um espírito enganador. Sonho com um homem do tamanho da porta do quarto onde estou hospedado. No entanto, no lugar de patas de bode, ainda que igualmente peludos, ele tem pés de mulher calçados em sandálias transparentes. Penso em trancar a porta com urgência, mas não posso fazer nenhum movimento sob ameaça de que o jato de tinta negra no qual o dedo está intimamente posicionado à fresta da porta seja acionado de uma vez contra mim. Permaneço quieto na cama fingindo que não respiro. Chega o dia e posso levantar e fotografar as paredes além de minha janela como pinturas matéricas na grande e rejeitada galeria da vida com uma única legenda que reza sempre o mesmo fato sobre a totalidade das coisas indo embora.)

25.

O sentido verdadeiro do galinheiro escondido na parte de baixo da casa é o gesto astucioso de meu avô para dar fim à incansável marcha do Gattopardo à qual foram condenados todos os homens da família. Apenas eu escapei controlando a máquina de fotografar, posição que me impede de me tornar imagem e, assim, fantasma. Meu avô abre o porão no exato instante em que o velho se dirige à porta da frente da casa e o empurra para dentro. Há um estrondo que poderia acordá-lo, mas o velho assim como ele não pode ouvir mais nada, contenta-se de agora em diante em criar vespas sob o chão, a dormir com os gambás entre os pelegos de ovelha. Desde então, conformado ao galinheiro, ele sobe até o porão que se tornou seu andar de cima para lavar os garrafões que se encherão de vinho nos próximos anos, para tirar as teias de aranha dos tachos de esmagar uva deixados no canto a mofar. De onde viria o vinho se as videiras morreram há mais de uma década antes mesmo de eu ter nascido é a pergunta que não tenho coragem de fazer ao meu avô. Não quero que veja que tenho astúcia, pois não me deixará ir embora.

Uma panela de cobre cheia de palha infestada de ratos e um cobertor que fede a raposa bastam para assustar as galinhas, garantindo a estranha diversão do velho Gattopardo. É ele que tem a forquilha entre os joelhos e usa a borracha do cinto para armar uma funda com que atira pedras em meu avô. As paredes do porão pretas de fungo camuflam o guarda-roupa fechado há anos sem que se saiba a quem pertencem as vestimentas que ele troca todos os dias tentando ser quem não é. Tem às mãos um terço de contas com o qual se deita a rezar sobre o torto colchão de palha na cama de campanha esperando que se apague a vela presa ao castiçal improvisado na garrafa. É sua vida.

De fora da vidraça esverdeada de limo, meu avô observa a estase do pai. A janela fotografa a natureza-morta: a porta, o teto, o lustre pendurando cristais azuis, peça emprestada da casa onde um dia viveu e da qual saqueadores desconhecidos levaram tudo, um criado-mudo viúvo ao lado direito da cama, um jarro de vidro pintado com uma borboleta pousando em flores dentro de uma bacia, o tapete de lã trançada, o urinol branco lascado no fundo desusado como as xícaras de café. Pó em todo lugar completa o cenário artificial exalando o ressentimento inconteste das coisas que não existem mais.

Meu avô bate com a ponta do dedo na vidraça da janela. O velho não se move, pois que é surdo, não se deve esquecer. Também ele se torna objeto. Sentado na poltrona de vime que substituiu o trono destruído ao fim da viagem na descida da serra, tendo a almofada de linho cru às costas, ele contempla o veludo de pó sobre os tecidos das cadeiras, a madeira desgastada da mesa sobre a qual há a lembrança de um morto por enterrar. Meu avô sabe que observa com o que lhe resta de visão e só o que vê é o pó que retorna ao pó. Dou-lhe uns óculos

Não quero ver.
Deixa que entrem as galinhas.

A solidão ergue suas paredes de trevas e tudo se congela. Meu avô bate mais uma vez à vidraça, chama pelo pai que se volta para trás sem entender onde está. Meu avô pergunta pela mãe prometendo não deixá-lo sair enquanto não souber seu paradeiro. O velho Gattopardo ri como se uma tempestade de areia escondesse os contornos das coisas.

(Vou dormir nauseado. E não durmo. Talvez o dia a sentir cheiro de peixe, quem sabe o intenso ar miasmático dos esgotos, ou a sopa de mariscos que comi no restaurante do hotel quando cheguei da rua. Durmo por menos de meia hora e sonho com um Pierrô e um Arlequim enforcados sob minha janela, chamo os policiais, o gerente do hotel e, por fim, quando ninguém mostra importar-se com o que ocorre, grito para a mendiga albanesa, ela me dá as costas chamando-me de ingrato. Acordo no meio da noite e nem o susto do sonho me tira a sensação de nojo. Tomo água temendo que me faça sentir ainda pior. A insônia é um tempo de despertar, precioso para pensar, sobretudo quando não se precisa dela. E é então que penso no que não desejo.

Cheguei a V. há dois dias e até agora não me movi na intenção de resolver a questão que me trouxe até aqui. Retomo o mapa colocando-o sobre a cama, a cidade tem mesmo a forma de um peixe, decido começar minha investigação com o método básico de leitura de imagem, da esquerda para a direita em inevitável sentido horário. Começo com a parte de baixo, leio o nome de cada rua, de cada corredor, dos sottoportegui, cada beco me interessa como uma página de obra rara, no trecho onde termina a parte mais delgada do ventre da baleia encontro muito o que procurar. Ainda mais abaixo, quando a baleia parece desdobrar-se em duas e o queixo de uma parece devorar a mandíbula da outra, fixo-me por um tempo na região do hospital dos incuráveis que sempre serviu aos leprosos tão comuns na história das cidades europeias como são hoje os burgueses passeando pelas lojas protegidos por toda sorte de assepsia. Um pouco antes de uma das únicas pontes que permitem atravessar a pé de uma ilha para a outra, está o começo do Canal Grande, espécie de corte determinante no *design* da cidade que, no entanto, sob condição líquida serve como a coluna a um vertebrado. Conto oito rios até chegar à boca do imenso animal morto no ponto de adiantada decomposição. Os olhos do bicho há muito foram devorados pelos urubus marítimos que são as gaivotas e que me poupam de procurar os olhos, estes que me dariam a impressão de que existe por aqui algo como o cerne dos acontecimentos, assim como os olhos seriam, em algum sentido, o centro de um corpo, como se diz do cerne de um furacão, que seja seu olho. Também eu sou movido pela essência de uma carta que me olha sem ter olhos, como a carta desta cidade, por onde devo me guiar e onde faço de tudo para me perder.)

26.

Na sala à mesa de jantar dorme um morto. Meu avô é pequeno, não tem mais de sete anos, traz flores do jardim para enfeitar o antro de paredes escuras onde vive sozinho junto do Gattopardo que, sendo seu pai, não é, no entanto, seu pai. Faz frio, não seria diferente. Não é outra a estação em Flores da Cunha quando Nova Trento antes da fuga para V. Frio é a sensação do passado. Ao ver a mão que pende no escuro, ao ouvir a voz cava das coisas, o vento soprando aleluia, aleluia, ele corre para a rua, fugindo do cicio das janelas, a voz do padre na missa, a extrema-unção de mais um condenado ao abismo, pergunta-se a si mesmo se é muito cedo para atravessar o abismo.

A coruja em frente à casa declara aos pios a morte de alguém sem nome para que todos saibam. Faz frio, o frio do sereno congelado nas madrugadas solitárias. Já é o tempo em que se sabe que a morte quando grita chama cada um pelo nome.

Meu avô corre gritando por sua mãe, mas não percebe o que faz.

(A rua que procuro tem um nome estranho que aumenta em mim a sensação de desconhecimento. Familiar é o esforço de ler o mapa como um texto no qual me perco, romance cujos próximos capítulos desconheço. Assim, a rua que procuro é o nome de qualquer coisa sólida como deve ser o termo com que uma comunidade homenageia alguém importante, uma data fundamental que aos poucos se torna apenas o nome da rua. Pode haver ruas com nomes de flores, de pássaros, de estados e países, e sempre será um lugar onde se pisa em terra firme, na esperança de que, como um rio, haja um único curso, desejo de verdade inquestionável. Enquanto percorro o mapa, penso nas ruas onde acontecem as ações públicas, feiras, passeatas, onde os vendedores ambulantes autorizam-se a criar suas próprias leis. Se antigamente a rua era o lugar da brincadeira das crianças e do encontro político dos adultos, e se hoje é o lugar da arruaça das gangues e das perseguições policiais ou onde vivem os que não têm lugar, é apenas por revelar-se nela a verdade mais profunda de uma cidade, dos afetos, das intenções dos que nela habitam. A rua é a imagem do amor ou do ódio coletivo, destes sentimentos que pomos nas coisas ou que perdemos antes de chegar em casa.

O que dizer de V., se a primeira coisa que nela percebo é que ruas são raras? O amor e a vida andam apertados no frio dos becos por onde ando enquanto me escorre água dos olhos e do nariz, e por momentos sinto-me cheio de canais. V. é um cadáver que se liquefaz diante de rapinantes olhos curiosos. Também os meus. Enquanto a máquina de fotografar me mostra a imagem de uma modernidade insustentável em cujas paredes íncubos e súcubos clamam para que algum dia um ser humano deles sinta pena e liberte-os de sua prisão de séculos, eu procuro a esmo como se pudesse voltar para trás e compreender o que escapa à razão das coisas. Se moderno é viver, gostaria de encontrar o que foge à regra e que não fosse nenhuma mera admiração das coisas passadas que as torna moribundas.)

27.

Fica para trás a porta aberta. Velam alguma coisa que ainda não chegou a morrer. O aviso da coruja não seria um engano? O cheiro de vela no vão da rua infinda pode ser ilusão. O Gattopardo discursa na praça sobre um banco de pedras, a população ao redor não se interessa por explicações. Meu avô com as magras pernas trêmulas chega gritando que a casa é toda negra, que falta luz, que ninguém está lá dentro, enquanto uma mão pende da mesa.

O Gattopardo de costas sobre o banco no meio das gentes revelando a todos os de olhos assustados as notícias dos jornais, que a guerra estava por vir, que desta vez o Brasil terá a sua vez, que todos devem preparar-se para o serviço pátrio, que a coragem é o que faz os homens, que é preciso explicar às mulheres que os navios atravessarão os mundos levando os heróis ao seu início, que será preciso agir com altivez na construção do destino, que ninguém pode negar-se a comparecer, que lembrem da Odisseia, de Napoleão, de Garibaldi, que a modernidade é chegada, que agora só se fala em aviões, que já se pode voar no céu de um lado ao outro, que o futuro pertence a quem o desejar. Inflamando-se na promessa de voltar à pátria, de rever o velho mundo, que o futuro, que a técnica, que a conquista das conquistas, que a liberdade, que a nação, que o ouro, que o vinho... Ao redor não se entende o conjunto infindável das frases, das palavras desusadas. A colônia é a única liberdade e a pátria um nome por excesso distante. A liberdade sai da boca de trovão do Gattopardo, os olhos do meu avô ainda menino verdes como folhas de árvore no desespero de uma ventania incontornável, morto de medo de voltar para casa. O Gattopardo com a única lei que o mantém vivo diz ao meu avô

Vai embora e enterra os mortos.

Mas meu avô é muito pequeno e não entende quem é ou onde está.

(O devir de um cadáver não combina com a solidez. Em V. tudo começa e termina na água. Pode-se dizer que aqui tudo o que é sólido desmancha na água como no livro que li quando ainda acreditava que era preciso ter esperança. Não tardo a ver minha expectativa desmanchar-se quando encontro no mapa a rua que procuro. Após ter dado voltas e voltas encontro o endereço na ponta inferior da cabeça da baleia. O endereço corresponde à pequena praça onde há uma igreja no extremo oposto da igreja onde mora meu amigo africano.

Diante do espelho, sentado na cama movo-me na direção de meus sapatos em câmera lenta, já não há o que fotografar no hotel. Não tenho como atrasar mais. Meu avião sairá à noite e preciso logo resolver tudo. Paro, no entanto, mais uma vez, para ler a carta, não quero fazer confusão ao conversar com quem quer que eu vá encontrar pela frente.

A carta foi escrita em nanquim azul sobre papel fino. Na base esquerda uma pequena ilustração a aquarela, um pássaro azul e alaranjado como um pintassilgo, salvo o exagero das cores, pousa entre lírios e pêssegos, como assinatura uma simples letra *M.*, o que sinaliza que a própria remetente pode tê-la desenhado. A carta não é longa, a caligrafia não é perfeita, as letras encontram-se próximas demais, poderiam ser maiores e mais legíveis. Por pouco não é coisa que se precise decifrar.

Pude lê-la várias vezes antes da decisão de vir até aqui. A carta diz pouca coisa, mas o suficiente para deixar-me curioso como nunca estive, é a promessa de uma explicação nova dos fatos, a revelação de algo que por anos e anos fora espectro a rondar a vida de meu avô.

A carta endereçada a P. A. T. diz apenas que *respondendo à sua solicitação, devo dizer-lhe que sua mãe morreu no dia seguinte ao seu nascimento e que, por força das circunstâncias, também tiveram que dar o menino como morto, ainda que, na verdade, tenha sido levado a um orfanato onde foi exposto na roda, e que tenha sido adotado por um casal de V. que depois emigrou para o Brasil. Não tivemos mais notícias. Você não pode imaginar minha alegria ao saber que está vivo. Sua mãe foi vítima de um dos tantos Casanova que visitam até hoje esta região em busca de aventuras com as mulheres charmosas que temos por aqui. Infelizmente seu pai não foi o que escreveu memórias. Rogo que não tenha ressentimentos em relação à sua mãe. Era uma moça bem-intencionada, uma pobre pecadora que encontrou na casa de Deus a remissão de seus erros.*

Por fim, a última frase, no clássico espírito capitalista que não chegou a me impressionar, dizia

Não restam parentes, nem qualquer herança. Que Deus o abençoe. Ass. Maria de Bastiani.)

28.

Meu avô voltando pela rua de cascalhos, contando besouros mortos entre os pedregulhos, mariposas camufladas no muro em ruínas. Abundam pedras para enterrar o morto. Não há o que fazer, é o que ele pensa, senão fugir.

A rua estreita tendo em redor as pequenas casas dos operários, no fundo a igreja, um caramanchão com flores de grossas pétalas alaranjadas cheio de formigas gordas. Ainda era tempo de dar de comer às galinhas, de aprender as rezas cansativas, de escrever o nome, de aprender a desenhar bem as palavras e os números para a lista dos mantimentos que ele mesmo teria que comprar enquanto o Gattopardo só se ocupa em discursar na praça.

Sobre uma pedra no centro da praça o Gattopardo com seu único braço erguido, ainda sentindo o outro que fora perdido numa explosão de óleo ou devorado por uma máquina ceifadeira, ou arrancado por uma baleia durante a travessia do Adriático ao Atlântico, a bradar a república contra a monarquia como se estivéssemos no tempo da unificação, avisando aos reis que voltem ao século de onde nunca deveriam ter saído. É ali que ele procura um inimigo com que duelar por causas políticas perdidas, do qual vingar-se da própria sombra. Finge que é filho bastardo do rei. Inventa histórias malcontadas. Faz da sala de visitas da casa uma oficina onde nem meu avô pode entrar, inventa um carro que nunca fica pronto, desmonta máquinas que vêm pelo correio.

Com medo do que dirá o pai, meu avô desvia por trás do palanque onde ele discursa, decidido a ir pelo outro lado para não ser pego fugindo de casa. Permanece sobre a mesa o defunto em cuja mão pendendo ele depõe a pedra e outra pedra na própria boca para evitar de chorar diante da face azulada deste que tem a camisa encharcada de sangue.

Fecha a boca do morto com um lenço amarrado ao queixo. Percebe, então, que os olhos são do Gattopardo. Repicam na igreja os sinos avisando que a alma está em boas mãos e que ele é livre. A liberdade cai em gotas nos cascalhos inertes. Tira os sapatos e corre para a rua molhando os pés na geada que se derrete formando uma estrada em cuja beira meu avô vê pastar um boi. A vida como algo que se passa na margem do mundo.

(Faço finalmente as contas. Meu avô veio para o Brasil em 1909, com sete anos, morreu em 1998 com noventa e seis anos. A carta é de 1969 quando ele tem sessenta e sete anos. Lembro que naquela idade ele estava doente. É o ano em que, tendo mais de sete anos, vou à escola e passo todos os dias para vê-lo no hospital. Tenta convencer-me a ser médico. Respondo-lhe sempre que serei pastor de vacas, ovelhas ou elefantes. Ele me diz que não existem pastores de elefantes. Respondo-lhe que tenho a imaginação cheia de animais voadores. Ele me diz que elefantes não voam. Eu aviso que são os pássaros que carregam meus elefantes. Ele ri, perguntando-me se posso guardar o seu segredo.)

29.

Vestido para a festa, um cravo branco à lapela, assim é que meu avô se casa com minha avó que entrará na igreja na renda branca das noivas. Tapam-lhe a testa flores de crochê da cor da neve como as que minha tia saberá fazer muitos anos depois. Os fios de cabelo dourados foram presos para trás como fazem as moças tentando manter os cabelos longos nestes dias em que não existem cremes ou xampus para cuidados delicados. As meias confundem-se aos sapatos brancos postos somente diante da igreja para evitar que se sujem na lama do caminho. Está sobre um cavalo em cuja crina miúdas rosas brancas enlaçam-se à fita acetinada. Os espinhos foram retirados por ela mesma e é por isso que se vê sangue em suas luvas. Quer com isso evitar que o cavalo se pareça com Cristo, pois sobre ele fugirão da cidade carregando a arca e a bolsa com alguns contos de réis.

* * *

A vida não foi feita de sedas e cetins, nem de flores e tapetes voadores. De vez em quando, meu avô, furioso com o Gattopardo, chama-lhe rei das bananas. Pergunta aos gritos pela mãe, se era por ser a rainha das bananas que morreu, se suicidou-se, se era uma porca ou uma vaca, se era mulher ou estátua. São dúvidas sinceras que nascem da raiva que também faz perguntar pelo dinheiro da herança, que faz arrancar o cravo branco da lapela e rasgar o paletó.

Depois olhar tudo com jeito de criança e rir como quem sabe que nada vai mudar.

(Vaguei pelas ruas na direção do endereço da carta. Quando percebi dava voltas no labirinto. Não podia entender o mapa. Contra meus princípios, atacado pelo desespero de fundo que me atinge quando não sei onde estou, pedi uma informação a um homem que passeava com um cachorro branco morto de frio em uma coleira apertada. Sem levantar a cabeça ou dizer nada, apontou-me a direção esquerda, ultrapassei uma ponte e fui dar na praça entrando imediatamente na igreja que se apresentou à minha frente. A edificação não chegava a ser simples, não era, no entanto, das mais rebuscadas se comparada às suas companheiras de condomínio. Uma grande caixa na forma de cruz em cuja entrada uma estátua de Santa Teresinha guardava a pequena escadaria tendo ao lado a imagem em pedra de Santo Antônio. Dentro havia dois altares menores dedicados a São João e São Pedro, no centro Nossa Senhora do Caravaggio cercada dos objetos litúrgicos. Uma pia batismal como a que vi na Igreja de São Pedro era a peça mais curiosa do local. As cadeiras antigas, em cujo espaldar uma etiqueta de metal trazia gravado o nome de uma família ou de uma única pessoa, era sinal da existência de fiéis reais, mesmo que mortos, e tanto insinuava aos turistas menos avisados que aquele era um lugar sagrado quanto, como num tapa que o espírito dá na carne, percebi que nele havia uma história real que não se pode reduzir a fotografias.

E como, então, salvar da morte?

Entrei na igreja tentando retardar a conversa que eu necessariamente teria com quem abrisse a porta da casa à qual eu me dirigiria em poucos minutos. Depois de ficar por um bom tempo perambulando nos poucos metros quadrados entre a porta e o altar-mor tentando prestar atenção aos veios do mármore de que eram feitas as colunas, contando as cadeiras, lendo os avisos no mural, a placa com as informações sobre a data da construção, as inscrições em latim nas pedras do chão com o nome de padres e ricos ilustres de quem eram as ossadas que ali jaziam, decorando os horários das missas como uma criança que disfarça a sua culpa, saí à praça como quem foge de si mesmo num ato de inóspita rebeldia sem chance de questionamento.

Comecei verificando os prédios, contei o número das casas tentando calcular quantos apartamentos corresponderiam a cada porta do grande condomínio que eu tinha à minha frente. Vagarosamente, não podendo mais produzir a minha própria distração, acabei por encontrar o número que eu buscava pintado em preto sobre uma caixa de correspondência enferrujada do lado externo da parede de uma construção antiga a ocultar atrás de si um corredor mínimo e escuro no qual se entrava por um pórtico na forma de um arco que ia dar em um pátio pequeno, não tão pequeno que não pudesse abrigar uma acalorada colônia de pombos que entravam e saíam do pequeno pombal de madeira pendurado ao galho de uma árvore. Pelas folhas restantes nos galhos secos, suspeito fosse uma nespereira. Olhando bem podiam ver-se as pombas chocando seus ovos enquanto seus parceiros de comuna atravessavam os pequenos buracos em que mal cabiam nem sempre trazendo alguma coisa no bico. Quem sabe apenas controlassem a atividade de suas parceiras acomodadas no interior mais fundo onde deviam sustentar a comunidade no replicante calor de suas asas.

Sob o pombal, o chão forrado de tijolos avermelhados, em cujos vãos gramíneas mal nascidas eram imediatamente devoradas pelas aves, estendia-se até as paredes ocultas sob o limo. Uma pequena calçada de mármore conduzia do centro do adro à única porta que, destoando do cenário, era novíssima. Floreiras ressequidas e tampões de madeira fechados nas nove janelas deram-me a sensação tão desiludida quanto adorável naquele momento de que minha viagem tinha sido em vão e de que, àquela altura, tentar tornara-se mais do que nunca um verbo meramente elegante para fazer frente à vitória desde sempre dada dos pombos sobre as possibilidades da vida.

A aldraba que eu teria que acionar na inexistência de campainha tinha a mais comum das locais formas leoninas. Começava a chover e sem guarda-chuva, tendo a certeza de que estalactites metálicas se formavam em minha garganta, além da coriza que se tornara intensa nas últimas horas, entrei nas cogitações inevitáveis que servem de pretexto à fuga e que, sem cuidado, podem se tornar infinitas ou, pelo menos, repetitivas como o vórtice esvoaçante de pombos a cada vez que lhes lancei um pedaço de mandorlato com os quais matei o pouco de fome que senti nestes dias nauseados.

Tive tempo de contemplar os pombos e pensar na vida. Quem sabe voltar no próximo ano, em estação menos fria, menos aquosa, tendo estudado melhor a história e a arquitetura locais, com tempo de elaborar melhor o que havia acontecido nos últimos dias, para rever com um pouco mais de rigor os dados que compõem a vidraça nada límpida do que se foi em vez de ficar perguntando sobre o porquê do retorno dos bumerangues e do recalcado, sem tentar entender estas coisas que vão e voltam, sem usar palavras como destino e sentido. Olhei em volta e não vi nenhum café, nenhum bar de vinhos, nenhuma tabacaria ou banca de jornais, nada com que me distrair e dissipar o peso angustiado do gesto que eu mesmo esperava de mim. Tentei enxotar as pombas que vinham catar as migalhas de mandorlatos soltos sobre as pedras ao meu redor.

Bati à porta tão corajosa quanto timidamente e esperei por um bom tempo até que veio atender-me uma senhora idosa cujos traços do rosto e os curtos cabelos encaracolados me fizeram lembrar minha tia. Por segundos pensei fosse uma alucinação provocada pela falta de sono. Vestia-se de um modo simples e asseado com roupas pretas como de viúva e estava perfumada, o que me fez pensar que esperasse alguém ou que fosse sair. Apresentei-me desculpando-me por importuná-la em dia tão frio. Ela me convidou a entrar e sentar na sala sem calefação aquecida por uma pequena estufa elétrica, acendeu a luz e pondo-se vagarosamente na poltrona diante da que me ofereceu, no esforço dos que têm as articulações comprometidas e, quem sabe, os dias contados, pediu-me que falasse.

Expliquei-lhe que seria breve, que viera de longe de uma cidade chamada V. no sul do Brasil, que vinha porque descobrira uma carta remetida de seu endereço e procurava informações sobre a remetente. Precisava, assim, fazer-lhe uma pergunta. Para poupar palavras ou para economizar a elaboração de frases complexas nesta língua da qual sou familiar como se é de um fantasma e que prefiro evitar falar, mostrei-lhe imediatamente a carta.

Pondo os óculos que trazia numa gargantilha de silicone ao pescoço, leu-a concentradamente. Terminada a ação em menos de um minuto voltou todo o seu rosto para mim com o olhar de excessiva pena, franziu a testa, mordeu os lábios, de repente sorriu e, em segundos, soltou uma gargalhada tão forte quanto permitia seu corpo enfraquecido. Não tive como não demonstrar meu espanto, perguntei-lhe do que ria, ela desculpou-se tentando controlar-se e, lacrimejando no ato mesmo de seu riso, me disse que eu também acabaria por rir do que ela poderia dizer.

Que Maria de Bastiani era o nome verdadeiro de uma de suas irmãs, que eu estava numa casa de religiosas católicas como poderia perceber olhando melhor ao redor, e apontou um pequeno crucifixo que quase desaparecia de tão próximo à cortina. Perguntou-me se não vira sob a caixa de correspondência o nome das moradoras da casa e que, infelizmente, nesta época todas as jovens viajavam, enquanto apenas ela gostava de ficar ali para rezar em silêncio. As colegas mais velhas já tinham morrido, de sorte que ela seria naturalmente a próxima, dizia no tom bem-humorado que não me interessava naquele momento. Que estava só e precisava preparar-se para o que chamam de inevitável, dizia-me como que para deixar claro o seu propósito e o acordo com o destino, que, como morreria em breve, assim como mulheres grávidas fazem ioga e noivas fazem compras de enxoval, ela rezava.

Tentei disfarçar minha apreensão acompanhando-a o quanto podia com um sorriso. Percebendo que eu tinha pressa, cessou seus comentários necrológicos e olhou-me fixamente na seriedade exigida nos segredos perguntando-me se eu queria mesmo saber. Contou-me então o que eu queria saber de uma vez. Que Maria de Bastiani, sendo freira, trabalhara no orfanato pelo qual a congregação era responsável até o dia de seu falecimento. *Quando cheguei, ela já morava havia muito nesta casa*, disse-me. *No começo convivíamos mais, com o tempo vinha para cá apenas quando precisava de um médico, o resto do tempo preferiu ficar com as crianças no orfanato instalado em uma casa na periferia que é bem mais confortável do que estas casas em meio a tantas escadas, corredores e água. Dizem que aqui há muitos fantasmas, e as crianças que vinham ficar conosco de vez em quando sentiam medo. O medo de ontem é o mesmo de hoje, mas só as crianças são honestas para aceitar. Maria também começou a ter medo. Eu é que nunca vi nenhum fantasma, mas sei que se podem vê-los, pois são justamente estas coisas que, não existindo, se podem ver.* Sempre rindo e olhando-me fixamente, disse-me que talvez eu fosse o primeiro a visitá-la. *Quando Maria morreu,* continuou, *no começo dos anos setenta, era já bem idosa, mas muito animada, só então é que soubemos que era uma mulher muito rica, filha de um conde, quando o orfanato recebeu a doação de um castelo aqui mesmo na região de V. Apesar disso,* avisou-me, *como você pode observar ao seu redor, vivemos nas mesmas condições de nosso voto de pobreza devido à Santa Igreja. Se você quiser ir ao orfanato poderá ver o trabalho e também a capela que fizemos em homenagem a Nossa Senhora do Caravaggio de quem ela tanto gostava. Muito parecida com a da igreja ao lado que eu recomendo que você visite.* Disse-me, por fim, com um sorriso divertido, *e como sabia divertir-se esta Maria. Era rica e bonita, e não fizera nada com isso, decidiu ter esta vida religiosa que, você deve imaginar, é muito pouco divertida.* E continuou dizendo *mas como gostava de inventar histórias esta Maria, ficava a contá-las às crianças,* e levantando-se devagar abriu a Bíblia que havia na estante dizendo *e esta história é muito boa mesmo, meu filho,* fez o sinal da cruz e voltando-se para mim, rindo muito, deu-me um pedacinho de papel amarelado guardado dentro de um envelope de plástico transparente como os usados para guardar documentos, no qual estava escrito o sobrenome de meu avô que é o meu próprio nome.

Levei um susto. Emudeci.

Disse-me então que havia uma história sobre este pequeno fragmento de papel, *dizem que estava no cestinho de um menino que fora deixado à porta do orfanato e, depois de cuidado, lavado e amamentado como fora procedimento no orfanato até pouco tempo antes das mais modernas exigências legais, fora deixado na roda de expostos para que alguém o escolhesse. Seus pais adotivos vieram devolver o papelzinho antes de partirem para o Brasil com o menino, pois que a mãe verdadeira podia um dia procurá-lo. Ninguém dava muita atenção a esta história que, afinal, o que há por aqui são histórias. Quando morreu achamos guardado entre as coisas de Maria. Talvez seja seu. E se não for, ora, se não for, então, não é.* Fiquei estarrecido com o gesto, e não tive tempo de perguntar nada além de seu nome, pois que, lacrimejando de tanto rir, a velha levou-me à porta dizendo-me que se chamava Irmã Santa e não podia conversar mais porque era chegada a hora da missa.)

30.

Pela estrada de terra meu avô cansado a fugir do pai que um dia o perseguirá até ser trancado no galinheiro. Segue com minha avó sobre o cavalo, ele a pé, seria a cena da fuga para o Egito se ela estivesse grávida, enquanto pensa nos filhos que terá, se deve preocupar-se em ficar rico ou contemplar o rumor das coisas. É assim que, parando no caminho, ele verifica o estado dos açudes, avisa minha avó que descanse e cochile que ele saberá chegar. Segue a medir com os olhos a terra dos outros, a pescar lambaris com um caniço recolhido nas árvores, a contar as vacas dos camponeses, a questionar se será este o seu próprio futuro, a recolher folhas secas ao bolso pensando que é preciso guardar dinheiro para a casa que irá construir até que o escuro se torna maior que as estrelas e a lua, ouve-se na travessia apenas o pio de um mocho e lhe vem a mãe desconhecida pendendo à mente, apagando a sorte que é estar já muito longe de tudo.

Vem-lhe o rosto magro dos ouvintes do velho pai na praça a esbravejar sobre o tablado enquanto em casa a mão do morto se estende sem pedir nada. Passa um caminhão cheio de frangos e um homem a pé com um saco de gatos nas costas que não lhe responde o cumprimento, enxota os quero-queros que acordam cedo como os galos, assobia respondendo a uma coruja, maldiz os laranjais alheios de onde vem um enxame de mosquitos, mente para minha avó que sua mãe é uma condessa rica como no sonho que terá muito depois e que, ao encontrá-la, não olhará em seu rosto nem pedirá seu nome.

Contando os porcos no caminho, convencendo minha avó, que reclama do frio, que o tempo há de melhorar, ele segue invejando as riquezas alheias, dando migalhas de pão aos sabiás. Recolhe uma ametista na forma de ovo, sinal de bom agouro, é o que pensa enquanto se pergunta quanto tempo demora para chegar ao futuro.

Na igreja no meio da estrada minha avó reza sua Ave-Maria enquanto ele espera do lado de fora arrependido dos pesados baús do enxoval da noiva, divide com o cavalo cansado o seu engano, lança longe o lilás da falsa ametista que se rompe em estilhaços nos pedregulhos lamacentos da beira da estrada. O cavalo machucado no lombo perde as guirlandas. A viagem dura o dia inteiro e, quando a noite chega, chegam também as beiras rotas da vida que os impedem de contemplar o céu.

Pergunto-lhe por onde andou. Disse-me que tinha um barco e que viajou por mais de quarenta dias procurando as próprias asas.

(Saio tonto da pequena casa atropelando as pombas com o rosto da velha freira a rir. Por um tempo penso se estava a rir de mim ou a rir da história que me contou. E agora, além da carta, tenho um estranho fragmento de papel. Nestas horas pergunto onde está meu senso de pragmatismo. Por que não volto para casa em vez de parar neste café e acalmar os pensamentos. O garçom pergunta-me se não ouvi a sirene há horas. Impaciente diz-me que está no limite do horário, que precisa fechar, peço-lhe um café pelo menos, insisto que preciso, ele cerra a porta dizendo que não poderá me servir.

Sem entender o que está acontecendo, ainda tonto com o que acabo de ouvir, sigo por um bom tempo tentando não deixar que as pernas me enganem. Pessoas andam apressadas em direções diversas, caminho na direção da estação mais próxima de onde saem os barcos. Qualquer lugar se torna longe. Descansar a cabeça não seria má ideia. Tomado de um pragmatismo autoprotetor que me surge de repente quando me dou conta de que não dormi nem comi quase nada, penso que é preciso pôr as coisas em ordem, pergunto-me se deixei alguma coisa no hotel que me faça ter que voltar, tenho comigo a mochila, a máquina e o bilhete para passar o resto do dia até a decolagem do avião, quem sabe depois eu possa comer algo, nesta hora só penso em beber qualquer coisa que tenha álcool, destas que fazem uma pessoa se sentir forte justamente porque se deixa enfraquecer, lembro que sou um homem como se isso pudesse fazer qualquer diferença, quem sabe evitar aquele mesmo desespero de quando não sei onde estou, quem sabe parar de pensar, de me perguntar por que a vida dá tantas voltas, como seria se meu avô soubesse disso tudo, o que pensarão minhas irmãs quando souberem que vim até aqui. O que dirá meu irmão que pensa que sou louco, terá ele razão, sim, ele sempre teve razão.

Verifico se guardei o papelzinho na carteira. Respiro fundo, olho para os lados. O soco da embarcação ao atracar na estação dá em cheio em minha testa, sou menino, levo um cascudo da invisibilidade das coisas que não existem mais. Entro no barco cheio de gente, afago a cabeça para que cesse o resquício de dor, faz frio ou estou com febre, meu nariz escorre, meus olhos lacrimejam, as gaivotas gritam me dando saudade de uma vida não vivida, uma nostalgia desesperançada flutua pela neblina desta tarde que nasce morta, um soluço que eu gostaria de deixar crescer tranca minha garganta, olho o relógio e o bilhete do avião que trago na carteira e vejo que tenho duas horas, procuro o mapa novamente em busca de qualquer sinal vital que me impeça de ser devorado por esta grande baleia morta.)

31.

O ovo no meio da casa, meu irmão a falar demais, minha irmã a catar besouros. Minha tia ri sem motivo. Tem rolos nos cabelos e no olho um tigre que guarda dentro de um envelope na hora de dormir. É preciso baixar o volume da televisão e guardar as fotonovelas que minha irmã lê no escuro enquanto a mulher que chamei de mãe chama meu pai de João Ninguém.

E quando a vida se torna um resumo de poucas páginas, caem as pétalas das flores que não existem mais. Minha avó morre pela segunda vez, ou será a terceira, ou a décima? A enfermeira chega para dizer *descansou* na solenidade asséptica do plástico, minha tia apronta ramalhetes de flores e velas brancas para ir ao cemitério, minha avó deitada na laje fria já sabe de todos os segredos, aqueles que apaguei, os que faço questão de esquecer, minha tia chora consolando-se que agora pode cuidar da mãe direito, meu tio deita com firmeza um último tijolo a fechar compadecido a entrada do túmulo, minha tia pede uma fresta para que entre ar no verão que se anuncia, meu tio morto, desligando-se do mundo, continua sozinho em casa a procurar nas gavetas a máquina de fotografar, meu pai a atirar nos quero-queros com seu estilingue de borracha, antes mata um porco no galpão e verte seu sangue num jarro, o sangue a jorrar cheira a crime e mesmo assim tem a cor da água de rosas, ouço o grito do animal sem poder fugir, todos querem fugir, mas apenas eu tenho a chave da porta, meu tio morto abre a veia do braço continuando o riacho de sangue, esperando que a cor seja azul, irrita-se com a secura da veia, melhor seria o vermelho e o negro dos simples mortais. Se houvesse legenda seria a ironia da vida ou o silêncio das sereias.

As sereias de cabelos longos dentro de um carro de pneus rasgados na velocidade das coisas que poderiam ter existido, o silêncio da noite a carcomer os pensamentos do meu tio morto, tudo se repete, as coisas acontecem novamente a cada vez que são lembradas. Será a memória um ato mágico? A cortina azul embranquecendo, a doença atravessa a rua indo dar em casa a pesar nas mãos de meu tio morto, os olhos soldados da minha avó pesando nos lençóis, meu avô a saber que o Gattopardo devolveu o trono amarfanhado, matou o cavalo com seu braço invisível apenas por raiva de alguma coisa que não sabe explicar. Água ferve na chaleira preta. Os primos sem rosto que aparecem apenas em momentos de desespero cortam o pão, guardam dinheiro debaixo da cama, enchem o urinol cheio. Fecha-se a arca aberta uma única vez, dentro o bule de café furado na altura da asa, a caneca de alumínio antes pendurada à parede no prego enferrujado. Preparam uma viagem? O fogão enferrujando pela água que escorre do teto não pode mais ser ligado.

Chove em todas as peças da casa de moradia de uma família inteira desaparecida na forma de um galinheiro.

O Gattopardo sozinho sob o chão, meu avô a procurar a mãe dentro do armário, lama e pó sobre a pedra de granito azul no assoalho da cozinha, as tábuas largas um dia enceradas com a vida das abelhas, as cristaleiras de tampos de cristal guardando cálices coloridos, o crucifixo de prata dentro de um caixote forrado de veludo azul, resto de vinho num copo de vidro onde uma mosca tenta em vão flutuar batendo as asas, as varejeiras na janela suja, os garrafões vazios soltos no terreiro, um varal sem uso, a adega tomada por ratos.

Ao Gattopardo resta afagar o rato que tem ao colo.

Atrás de seu pai atônito ao ver que todos saíram caminhando na direção do sol se pondo, meu avô me explica que

A vida é um caminho de direção oposta.

(Meu dedo desliza na janela procurando o contorno de alguma coisa que desconheço. O tempo desagrega os espaços, tudo gira em redemoinhos avisando o que deve ser esquecido, fujo dos pensamentos, sempre preferi uma máquina de fotografar com que adivinhar o escondido. Fotografias são boas para desmanchar a ilusão, é mais fácil ver por meio delas só não sabem os cegos deste mundo de imagens, que as máquinas de fotografar são instrumentos mais perfeitos do que contraditórios olhos humanos que aproximam e não deixam ver. No entanto, não é porque temos fotografias que aprendemos a olhar para elas. Ou para o que é fotografado. Sei neste momento que sou míope de corpo e alma. Mas lembro de olhar as fotos do registro de nascimento que fiz na igreja e que revelei ontem num quiosque perto da feira. No meio de muitos itens, como se fosse um presente desses que não se esperam, vejo o nome de meu avô levado à igreja por seus pais adotivos.)

32.

Somem os intervalos entre as sombras. Desaparece a contemplação das coisas para dar começo à vertigem.

Olho a bordadeira de Vermeer, cabeça baixa a cuidar de seu trabalho na contracapa do fascículo de história da arte colecionado por meu irmão. É um espelho em que se reflete a imagem de minha tia a bordar. É minha tia. Cabelos presos no topo da nuca com dois cachos bem grossos que pendem sobre as orelhas, tece uma colcha e guardanapos de crochê para enfeitar a mobília, rompe com os dedos grossos os fios vermelhos, espeta um dos dedos e cai para sempre no sono de um único sonho, o de que está a tecer e tecer sem que haja quem possa salvá-la do encantamento, grita chamando por minha avó que chora secando o rosto no avental desbotado, sobre os pequenos ramalhetes de macela, meu avô vem dizer-lhe que está tudo bem, que cuidará dela para sempre, minha avó resmunga qualquer coisa sobre a cama do hospital, a língua enrolada, pergunta a meu avô o que será de seus filhos, minha tia lê fotonovelas, meu avô carrega um caminhão de bananas, meu pai na sombra com o lábio ressequido a sangrar no frio, o tigre a saltar de dentro do olho esquerdo de minha tia em lânguido movimento de lâmina. Desistindo do pulo cai em um sono de monstro camuflando-se atrás das paredes.

(Desço na parada do cemitério ouvindo comentários incompreensíveis dos que seguem para a próxima ilha no mesmo barco. O barqueiro como um Caronte burocrático pergunta-me se tenho certeza de que ficarei ali, fazendo o favor de dizer que o próximo barco só volta em uma hora, respondo-lhe perguntando por que não? É então que me avisa que a cidade está em estado de alerta porque sobem as águas nesta época, o barco já se afasta alguns metros enquanto ele me deseja boa sorte diante dos gestos desaprobatórios dos outros. Não estamos mais no mesmo barco é o que digo a uma moça que me olha com ar de pena, do mesmo modo que a gaivota que acaba de pousar no dormente como que oferecendo companhia no tempo em que a embarcação se afasta. Tampouco lembrei de calçar as botas que comprei ontem mesmo e que devo ter deixado no hotel, pois não me pesa na mochila.

Este é o cemitério que ocupa a ilha inteira não deixando nenhuma margem por onde os vivos possam andar, o que quer dizer que aqui o lugar dos vivos é antes de intrusos do que de visitantes. Alguma uniformidade religiosa se expressa na divisão em campos menores em que se sepultam cristãos, evangélicos, judeus e, com a intenção de uma regra que não vingou, um espaço especial para crianças. Guiado por placas com as mórbidas atrações locais, vou em busca do túmulo de Joseph Brodsky, vejo que deixaram muitas flores há bem pouco a cobrir o pequeno retângulo onde ele jaz, ainda estão frescas. Engraçados são os pensamentos que surgem quando visitamos um cemitério, vejo o lugar onde jaz o poeta que amava V. e penso que um morto lembrado assim depois de mais de quinze anos de sepultamento deve ser alguém muito querido.

Quem sabe, penso não entendendo por que tenho ideias tão estranhas, neste lado que ocupo, que existir assim como um morto sempre lembrado deve ser um grande tormento. É o que aprendi convivendo com a presença de meu tio morto. Nada prova com mais eficácia que os mortos desejem ser esquecidos do que a cena de um cemitério em que a semiose da morte não é outra do que o desejo de esquecer.

Por mais que seja meu elemento, visitar o cemitério soa-me pela primeira vez como uma invasão.

Ao redor, a desolação dos túmulos não deixa de lembrar a paz eterna na contramão de nossos arranjos humanos, como um *deixe-me em paz* dito por cada um que morre. Um morto verdadeiro não está nem aí e disso sabem os vivos que lhes aprontam o cenário das coisas que se foram. São os vivos com seus gestos apegados que inventam os fantasmas. A memória é humana e, no entanto, desumana.

Um acordo para a equação que envolve a necessidade de memória dos vivos que não entendem a morte e o esquecimento dos mortos que já não podem fazer nada com a vida estaria sempre resolvido no abandono de uns pelos outros. Mas temos limites e não podemos esquecer.)

33.

É meu aniversário todos os anos. Minha avó diz com sua voz de seda que me irá dar

Un bacio,

enquanto o excesso de água que se desprende das paredes mostra que a vida termina por aqui. Meu avô sorri abrindo os olhos e os braços num gesto de perplexidade concluindo que

Não podemos enterrar os mortos.

34.

Meu tio morto a procurar nas gavetas a máquina de fotografar invejaria a que tenho em mãos?

É tarde, enchem-se meus olhos com a cor das dálias, recolho os restos de uma história triste que encontro em páginas de jornal, em cadernetas perdidas, em páginas soltas de fotonovelas antigas, nos documentos descartados com o resto da casa. Procurei fotografias, encontrei imagens fossilizadas de um passado que ficou sem narrativa. Meu avô não se importa com o entulho que ficou. Se nada mais importa ele sorri dando-me as costas

Nonno, espera.
Não. Deixa que entrem as galinhas.

Não há tempo de perguntar se algo mais deve ser dito. Assim, entro no escuro trazendo na mão uma lanterna daquelas que desde Diógenes se usa quando a perdição é profunda. Quando ao perder-se de si mesmo há que se procurar qualquer sinal, de tempo ou de espaço, uma mancha de vinho no casaco que ninguém lembrou de limpar, o amarelo do cigarro nos dedos, algo que se tenta apagar com a secura das conversas, com um saber que não se expressa.

Descubro o acordo silencioso em nome do esquecimento e, por isso, não posso dizer que sei a diferença entre a vida e a morte.

(Olho para estes túmulos com a convicção que só uma câmera pode ter. Desde que cheguei a esta cidade a confusão que não me deixa entender quem está vivo e quem está morto, ou o que está vivo e o que está morto, não se dissipa em névoas como as que atravessei nestes barcos desconsolados. Às vezes vem-me à mente a ideia de que devo pensar de um modo mais simples, que a memória é como uma fotografia, o positivo contra o negativo do esquecimento, mas, se é assim, o negativo está nela contido, contido na memória, até que estes pensamentos se embaraçam uns nos outros e me esgueiro deles fazendo fotografiàs sem precisar pensar demais, propondo-me a mim mesmo a chance que meu avô jamais se deu. A chance de ser esquecido.)

35.

O Gattopardo grita apesar do acordo em nome do esquecimento.

(Atravesso o cemitério de onde trago todas estas imagens. Das crianças que viveram um único dia, os anjos com asas e cabeças quebradas, de famílias inteiras na mesma tumba, de árvores que crescem frondosas destruindo os túmulos na constante luta da vida contra a morte, da mulher em cuja lápide consta a data de nascimento, mas não a data de morte, deste homem que nasceu no mesmo dia em que eu. A visão geral da ala católica cheia de flores, a ala evangélica deixando que tudo torne ao pó, o musgo subindo pelos muros cujos tijolos se desmancham, o túmulo com quatro cruzes destruídas em cujo meio vai um besouro escalando uma pedra.

Perco-me fazendo imagens do desolamento e do esforço em evitar a ruína que faz do cemitério uma cidade e, mais adiante, da cidade um cemitério, aqui estão os mortos enquanto vivos, lá, na outra ilha, os vivos enquanto mortos. Mas talvez este seja apenas um raciocínio incompleto, um pensamento primitivo que me ataca como a água que encharca o chão de terra morbidamente fértil onde piso. As copas das árvores derramam gotas fortes armazenadas na chuva fina que cai sobre a terra e de igual modo sobre a água, protejo-me já pensando em sair na direção do barco, a chuva intensifica-se de repente. A água tapa toda a terra em pouco tempo, procuro lajes em que pisar para economizar meus sapatos. A água cai do céu como o rompimento de uma barragem.

São poucos minutos e preciso subir em um túmulo que, suponho, seja mais seguro do que o muro que avisto a metros sem chance de nele subir a não ser pisando sobre os mortos. O senso cristão e supersticioso que mora em mim sem que eu queira atrapalha o pragmatismo mesmo em momentos de necessidade, mas não vai durar. Tento me aproximar do ancoradouro que flutua livre da água a subir. Não é de crer no que acontece. A paisagem de um cemitério alagado torna-o ainda mais desolador.

Sobre uma tumba alta como sobre um carro nos alagamentos nas grandes vias em SP a paisagem assume outra natureza. Somente deste ângulo percebe-se que a relação entre a vida e a morte é amniótica.

Se não estivesse munido com a minha máquina eu me sentiria o mais pobre dos mortais, ilhado entre mortos em uma ilha ela mesma morta, sinto-me, no entanto, mais vivo do que nunca, mesmo sem saber que tipo de perigo é este em que estou lançado, somente deste ângulo é que consigo perceber que o colorido das flores se deve ao fato de que são de plástico, e que alguma coisa aqui, ao contrário das flores, não morreu jamais.

36.

Não fugirei. Uma promessa é uma promessa.

(É neste ponto em que a água toca meus pés, quase tapando a superfície dos túmulos entre os quais salto de um lado para o outro como um louco zombando inconscientemente da morte fotografando a esmo todas as imagens que me permite meu estado estrangeiro, como se eu fosse morrer e tivesse que aproveitar cada segundo, como se eu nunca mais fosse voltar, sou o estrangeiro saqueando um mundo de imagens, fora do tempo vejo-me também fora das normas, como o fora da lei e o fora da cidade vejo integrar-me duplamente por uma estranha anomalia do destino, que me dá a autoridade delirante de que é feita a vida quando se encontra com a morte, é neste momento em que estou certo que toda coragem tem em si um fundo medroso, é no instante em que não me recordo de mais nada, nem do que vim fazer aqui, ou do que procuro, que vejo um retrato oval em um túmulo claro de pedra da Ístria.

Fotografo até ver que o personagem que aparece nele é uma mulher. Apronto a lente para uma foto bem nítida, pois que não terei mais tempo para fotografar de novo. Busco toda a nitidez possível. Vejo o nome Maria de Bastiani, aproximo para ver melhor pensando em quantas Marias de Bastianis deve haver neste mundo, ou, para não perder a piada, no outro mundo do qual sou agora perigosamente próximo. Dou uma gargalhada do meu próprio raciocínio, o mesmo que repito enquanto conto esta história, antes de saltar um túmulo adiante para ver melhor, quase caindo na água que sobe a cada segundo tornando inviável permanecer ali. E vejo que sob o retrato oval da Maria, ao lado do qual não consta a data de nascimento, nem a de morte, há outro pequeno retrato, de um menino. Sem data, nem nome.

Ninguém nunca poderá dizer que este não é o retrato de meu avô.

A água sobe até tapar as fotografias nas lápides, apenas as mais altas escapam do grande alagamento. A essa altura entrei encharcado até a cintura no barco que parou vazio para receber-me. Dou a última moeda que tenho ao barqueiro que, sem perguntar nada, nem nada oferecer, também não me olha no rosto.)

Este livro foi composto na tipologia Sabon LT Std,
em corpo 11,5/15,8, e impresso em papel off-white 80g/m^2,
no Sistema Cameron da Divisão Gráfica
da Distribuidora Record.